ある若き死刑囚の生涯

加賀乙彦 Kaga Otohiko

JN178545

★――ちくまプリマー新書

317

目次 ＊ Contents

1 横須賀線爆破事件

私、純多摩良樹《すみたまよしき》の故郷は山形県北東部に位置する。月山《がっさん》、羽黒山《はぐろさん》、湯殿山《ゆどのさん》の出羽三山《でわさんざん》に抱かれた山形盆地で、誇りに思うのは日本有数の豪雪地帯だ。生家は市の中心部からさらに北寄りの集落にあり、五、六反の田畑を耕す小規模農家がほとんどで、真冬には生計を保つため男が東京方面に出稼ぎに出るのが常であった。

一九四三年八月一〇日が私の誕生日である。そう、まさしく太平洋戦争末期である。父はトラック運転手をして子だくさんの家計を立てていたが、四四年に赤紙で出征し、一九四五年フィリピンのレイテ島で戦死した。母はわずかな軍人恩給と五、六反の田畑と日雇いとで、男勝りの家計を立てねばならず、切羽詰まって不機嫌になると子供たちには辛《つら》く当たった。別に怒る必要はないのに怒声の雨を降らし、夕食の支度《したく》などは子供まかせ、でもどのような食事も気に入らず、子供たちは罪人のように縮むのだった。末っ子の私は近所の子供たちと遊ぶこともできず、父無し子に生まれたのでは仕方がないと観念していた。しかし、私が三歳から六歳のころ、同い年の女の子、山田敏子《としこ》とその母がわが家の近くのあばらやに住みつき、幼い私には初めての幼友達となった。

敏子は私と同い年のくせに、勝気で舌が回り、二人で遊ぶときは敏子のほうが威張っていて、吃音者《きつおんしゃ》の私は命令される召使の立場になるかだった。二人は天井裏に隠れて、家人が自分たちを探すのを穴から見下ろして面白がった。私たちの隠れ家は兄に露見し、手間をかけやがってと私を叱《しか》りつけようとすると、敏子は得たりやおうと兄と二人で私を甲斐性《かいしょう》無しの奴隷のように扱い、お仕置きをしてやると荒縄で縛って首筋をたたいたりした。女の子に暴力で虐《いじ》められたのが、なぜだか知らないが嬉《うれ》しく甘美な思い出となった。しかし、雪解けのある日、敏子親子は不意にいなくなった。私たち一家に別れも告げずどこかに消えてしまった。行先を母に尋ねてみても詮無く、それっきりだった。私は人気《ひとけ》のない小屋で一人遊びをした。母が薪炭置き場にしたので真っ黒になって、叱られながら敏子を懐かしがった。

一九五〇年春先、故郷の小学校に入学した。小学校時代、大勢の友達と遊ぶよりも、独りで好きなことをやるのが楽しみだった。近くの町や村で祭りや行事があるとき、すこし遠くであろうとも、ひとり歩いて行ってみる。故郷には大小の山や川が豊かに連なり、独り遊びには事欠かなかった。貧しい家の栄養不足のせいだろうか、私の背丈は伸びず、小柄な子供であったが、労働のおかげで足腰の発達はめざましく、相撲などは強かった。

小学校高学年になると、工作室に入り浸《いびた》っているようになった。古い扇風機の故障を直す、模型飛行機を組み立てる、木造家屋の模型を作る。手先が器用なので、先生にも褒められ、嬉しかったが、吃りのため級友と話すのは苦手であった。この傾向は故郷の中学校でも続いていた。

中学校卒業後は鉄道員か無線通信士になりたかったのだが、母は高校の授業料を払えぬと言い張り、私は進学をあきらめ、山形市内の指物《さしもの》大工の親方宅に見習いとして住み込んだ。昼間働けば夜間高校に通わせる約束だったのが、職人になるのに学校で勉強する必要はないと親方の妻に突っ張られて、夢は破れた。結局親方からは大工らしい気心が知れぬ陰気な男とみなされ、私は親方宅を出奔《しゅっぽん》して故郷に帰った。

つぎに東京の工務店に見習いとして住み込んだ。三年間の見習い、半年のお礼奉公の約束であったのに、三年の見習い期間が終わったところ、親方はお礼奉公を免除し月給四万円の一人前の大工として雇ってくれた。大工の腕を買ってくれたのは嬉しかったが、衣食住は自分でまかなう必要があり、金が無くなったところで、一九六四年のこと、職場を捨てて旅に出た。親方には日本中を旅したくなりました済みませんと手紙を出し、関西方面を薪割りや畑仕事をしつつ旅をし、半年経《た》って帰って、親方に頭をさげて復職した。それにも拘《かかわ》らず、同じ年に親方と別れて自由な身となり、一九六六年には故郷に大勢いる猟師の真似《まね》をしたくなり、猟銃を買って故郷の家に半月ほど滞在し猪猟《いのししがり》をしたりした。母は銃や火薬の所持は危ないと心配したが、ヒーターに耳かきで火薬をかけたらシューと火花が飛んで花火のように綺麗《きれい》で面白い。大工や職人の友人たちが喜んで見物してくれた。私はこういう遊びのとき、独りぼっちで楽しむのを常としてきたが、友人たちが喜んでくれるので、おのれの孤独を卒業させるよい機会だと、工具部品の三方《さんぽう》継手《つぎて》に火薬を詰めて爆発させることができたときは前宣伝をして三回も花火大会をしてみんなに見物させた。故郷の山国では、花火の代わりに手製の爆弾を破裂させて喜ぶ風習があったので、それが別に危険な悪いことだとは思わなかった。

一人前となってからは飯場《はんば》に寝泊まりするのをやめ、新宿区西落合のアパートに寝泊まりしながら仕事場まで通勤するようになった。一九六七年一〇月には落合荘を引き払い、東京郊外の日野市に一軒家を借りて一人住まいをするようになった。

ところで一九六三年、山田敏子の母親が私の母に年賀状を出したのを機に、敏子の住所を知った私は手紙を出し、何回かの文通の末、一九六七年二月に中野駅前広場で待ち合わせて再会した。

敏子は九歳年上の山村という男と結婚して横浜市戸塚区に住み、老いた自分の母の面倒も彼に見てもらっていたが、彼に子供ができないのが不満だと私に告げた。何回かの逢引《あいびき》ののち、私は敏子を抱き、女は山村の家を出て私の日野市の一軒家に住むようになった。しかし二ヵ月後に敏子は私の家を出奔し横浜市の山村家に戻ってしまった。その理由は、敏子の父親が泥棒の常習犯で刑務所で獄死している事実を私の母がどこからか聞き込んで、私と敏子の交際に反対したことにあった。私と敏子が同棲《どうせい》中、母の手紙が郵便物として届いたのを敏子は丹念に読み、自分の父が犯罪者であった事実をばらされて私と別れる決心をしたとも考えられる。しかし、私は敏子を愛していたのだ。自分の母が反対しようが、敏子の父が悪者であろうが、私にとっては、敏子はかわいい女だった。

私は敏子に十数通の手紙を書いた。彼女は私の大工の同僚、鈴木に会いにいき、私が彼女の跡を追わないようにしてくれと頼んだ。こうして鈴木と頻繁に会ううち、敏子はいつのまにか鈴木と良い仲になっていた。高校生の年齢のとき、指物大工の親方の弟子《でし》になり、男たちの世界で働き、女とは無縁の生活を送っていた私は、敏子に心引かれた。彼女を恋人だと信じていた。しかし、この子供っぽい思い込みを敏子が嫌っていた事実を知らず、私は大工仲間の笑い物になっていたのだ。背は低いし、醜男《ぶおとこ》だし、小学校時代から吃りのある自分は男としての魅力に欠けていて、大工たちはあざ笑っていたのだ。しかし敏子の若い男を手玉に取るような手筋に魅力を覚え、感心もするのが私であった。

大工という職業を私は嫌っていた。職人風や土方風の身なりを嫌い、アイロンの効いたワイシャツに友禅《ゆうぜん》模様のネクタイを締め、一流会社員の服装を好んでいた。大工の境遇から抜けだすために建築士の試験を受けようとして勉強を始めた。要するに自分は大工という職人ではなく、建築家、電気技師、機械技師という専門家になりたいと夢見ていたのだ。その夢が、中卒の学歴の人間には成就《じょうじゅ》不可能なのを私は知ってはいたのだが……。

さて、敏子が横浜の夫の家つまり自宅に逃げ帰ってから、毎日私は日野の一軒家から三田の建設現場に通っていた。ひどい土砂《どしゃ》ぶりで、そして自分の運命の日、一九六八年六月一六日、日曜日の朝がやってきた。ひどい土砂ぶりで、天気予報を見ようとテレビをつけたら、今日は「父の日」であるという。「おとうさんありがとう」と父に感謝する日だそうだ。自分は父無し子で、高校への進学も許されず、あこがれの鉄道員か無線通信士への道も閉ざされてしまった。父の日なんか自分には厄日だ、つまらん日だと、ふて腐れて眠ってしまった。

一時間ほど眠ったあいだ、夢を見た。なんと敏子が鈴木と日曜日の密会をしている夢だ。中央線中野の鈴木のアパートに横浜から横須賀《よこすか》線を使って敏子がはるばる来たという意地の悪い夢だ。目覚めて夢だったと知ったとき、胸を包丁で貫かれたような痛みが走った。痛い、もう眠れない、行動を起こせと言う混乱した思いに蒲団《ふとん》からわが身を引き摺《ず》りだされた。私はスイッチを入れられた電動人間のように身支度をした。誰がスイッチを入れたか、知るもんか。でもこれだけは確かだ。その誰かは神様や仏様ではない。誰？　悪魔だよ。大物の悪魔ではない。小者の、悪戯《いたずら》好きの、滑稽《こっけい》な悪魔だ。小悪魔の敏子の乗った横須賀線の電車をたとえ短時間でも止めてやろう、大工の神通力《じんつうりき》で驚かしてやろう。そう思うと少し元気になった。三つ爆破して一つ残っていた三方継手に無煙火薬を詰めて、時限装置とつないだ。小さな人間として限定されていた自分の力が数倍の威力を発揮するようになった。この爆弾を菓子折りに詰め、さらに風呂敷に包んだ。ふと思った。電車が爆破されて乗客を傷つけることはあるかなと。すぐ私は思った。この大雨では乗客は少ないだろう。それに爆破物を置く場所を高いところの網ダナとすれば、乗客との距離が離れて、危険度は小さくなるだろう。それっきり私の頭から乗客の負傷、ましてや殺戮《さつりく》という観念は飛び去ってしまった。

東京駅に停車中の、発車直前の横須賀線電車の網棚に時限爆破装置を放置した私はそれと少し離れて電車に乗り、東京競馬場前駅で降りた。客は少なく、雨に濡《ぬ》れた馬は生彩を欠いていた。七、八百円の儲《もう》けは小さく、酒を飲む気にもならず、そのまま日野のわが家に帰りついた。一応悪戯の小爆弾を横須賀線の電車に仕掛けたものの、その電車に敏子が乗っているとは限らないし、爆弾を仕掛けたのが私だという事実も彼女は知らない。われはなんという馬鹿な無意味な滑稽な小悪魔気取りであったことよ。

帰宅したとき、午後七時過ぎであった。テレビのニュースを見ようと思った。どこかの電車の中で時限装置による爆発があったらしいと報じられていたが、詳細は知らされなかった。何だか疲労が体中に満ちてきて、体が重たかった。チーズを肴《さかな》に缶ビールを飲んでいるうちに眠くなってきた。いつの間にか寝てしまった。翌朝、目覚めると七時すぎになっていた。出かけねばならぬと急いで身支度をし、家を出た。日野駅の売店をふと見ると、朝刊の山ができていて、第一面の上部に写真を見せびらかして飛ぶように売れていた。「朝日新聞」と「毎日新聞」を買って、「死者一、重軽傷者二八人」とあるのに驚いた。どこかで記事を読みたいと場所探しをしていると通勤者の群れに押し流されていく。遂《つい》に人の群れの流れにさからい、自宅に向かってもどるべきと速足で歩いた。台所で新聞を開いた。

まずは「毎日新聞」。

「横須賀線　網棚の時限装置爆発　一瞬の惨事　爆風とガラスの破片などを受けて電車

の床に打ち倒された乗客たち。ケガの軽かった人たちも、惨事にぼう然と立ちすくむだけだった」

時と場所が報告されている。

「一六日午後、神奈川《かながわ》県鎌倉市の国鉄横須賀線大船駅近くを進行中の上り電車内で手製の時限装置が爆発、乗客二九人が重軽傷を負い、病院に収容されたが、一人は死亡した。目撃した乗客の話では、緑色の包装紙にくるんだ弁当箱大の荷物が網ダナに置かれていた」とある。

写真と記事に一気に目を通したが、ちょっと大げさすぎる記事だと思い、もう一度視線をゆっくりと移動させて、「一人は死亡した」とある文章を三回ほど読み直した。電車を小さな爆弾で襲い、世間の人をびっくりさせる、小悪魔のいたずら事が、殺人事件に化けた。警察は犯人捜しに躍起となるであろう。犯人は猟銃を持ち、無煙火薬を用いて爆弾を作る技術を持っている。警察は当然猟銃所有者を狙《ねら》って、爆破犯人を捜そうとするだろう。猟銃を持っている人の数はそう多くはないから、警察が私を疑い、迫ってくるのは、そう遠い未来ではないだろう。いっそのこと、自首しようと警察署の前に歩いて行ったが、そうする度胸がない。なんという意気地《いくじ》ない小悪魔だ。

習慣は変えられぬ、今までのように上等な背広を着て、職場に通った。仕事をさぼるなどと言う気は起きないで、熱心で腕のある大工として懸命に働いた。六月末の日曜日の朝、レンタカーを借りて郷里へと向かった。自殺する気であった。どこかの絶壁から谷底に飛び込もうと山奥を走りまわったが、大抵の絶壁には頑丈な鉄柵が作られてあり、その鉄柵を目指して車を突進させる勇気も運転技術も、自分には備わっていないと天に恥じるばかりであった。

自首も自殺もできず、と言って逮捕もされない、その中ぶらりんの生活をつづけた末、私は不意に逮捕されたのだ。

一九六八年一一月九日、私は日野の自宅には当分帰らず、建設会社の仮設した千代田区九段の宿舎に仮寝をしていた。朝、枕元で二人の男に肩を叩《たた》かれた。瞬時に眠りが覚めた。

「どなたですか」

「こういう者だ」と相手はポケットから黒の革手帳を出して見せた。私は相手と同じぐらいの小声で言った。「わかりました。支度をします」かねて覚悟していたように、手早く寝間着《ねまき》を脱ぎ、新しいシャツを着込み、上等な背広を着込んだ。玄関を出るとき、目覚めた同寮の連中が鋭い視線を私に浴びせていたのを私は忘れない。

大工の群れとの縁ももはやこれまでと思った。玄関を出て外階段を降り、外に出る。二人の男は私の前後を守っていた。裏手にあたる道路を歩いた先に、朝靄《あさもや》のなかに、ライトバンが駐車していた。私は左右から二人に挟まれて後座席に座り、車は動いた。胸のポケットからハイライトを取り出し口にくわえたら、左の男がマッチを擦って私の鼻先へ差し出した。その硫黄の発火に私はむせた。どうしたことかタバコはまずい。煙が車内で渦巻き私に迫ってきた。まさしく煙の荒縄だ。私は囚《とら》われの身で身動きもできない。遠い未来だと思っていた死の世界が今、がっちりとした檻《おり》になって私を囚人にしていた。

私の身柄はまず横浜の神奈川県警察署に運ばれ、さらに夜になって、捜査本部のある大船署に移された。

暗い夜道であった。私が乗せられている車の前にも、そして後ろにも、私が大事な客人であるかのように警察の車が護衛していた。私の右手には手錠がかけられ、それは鎖で右側の警官の左手首と接合されていた。

深夜である。私は人知れぬ沈黙の中をこっそり運ばれている。そう思ったとたん、奇妙に明るい広場に入った。フラッシュがたかれた。光の明滅である。眼《め》の底に光の槍《やり》が投げ込まれた。「さあ、ゆっくりと立て」と警官が言った。立ち上がって彼の鎖にひっぱられて降り立つと、光の襲撃は最高度の痛みになった。何も見えない。それがせめてもの慰めだと私は思う。手錠に引かれて、ぐいぐい歩いて、光の渦を突っ切る。腰砕けの自分は、憐《あわ》れな見世物にすぎない。こうして広間を突っ切り、エレベーターの前に立たされる。カメラの一斉射撃だ。私は空恐ろしい。私についてこれだけのカメラが関心を持っているほど悪人として私は有名になってしまった。

大船署で取り調べの日々が始まった。取り調べの結果は調書にまとめられ、私の意見によって訂正の箇所があれば、そして相手が納得すれば訂正される。私は相手の問いに率直に答え、速記しやすいようにゆっくりと喋《しゃべ》った。いや、私が吃りで、あわてると文脈が乱れるから、ゆっくりと喋る方法しかなかったというのが事実であろう。

まずは、事件発生前後の私の行動を尋ねられた。もちろん、なぜ電車爆破の行為をしたかを話さねばならぬ。そのためには私の幼馴染《おさななじ》みの山田敏子との関係を話さねばならぬ。私はあれこれ考えたすえ、自分の子供時代から話すのが良いと思うと答え、相手の了承を得た。

小学校時代と中学校時代でわが学歴は終わりで、いかにも惨めそのものである。続いて指物大工の家に住み込みの見習いで、安く低級な細工物で、それを作る人の人格に少しも尊敬の念がおこらずで、一年ちょっとで逃げ出して故郷に帰った。しばらく土方をしていたが、つぎが大工棟梁《とうりよう》等の家の見習いで、むこうが教えると言うよりただ働きで、こちらは働きながら相手の技量をこっそり盗むだけだった。大学で建築学を学ぶ学生とは大違いだ。私は大工技量の盗人《ぬすつと》になったようだった。なんとか大工になって私は雇用される身分になった。私が吃りながらそう言うと、相手の警察官が調書に速記する。

まったく退屈する取り調べであった。事実、私は相手の顔色を見てそっと欠伸《あくび》を漏らした。

ところが爆破事件のほうの取り調べになると、相手は幼児が名菓を頬張るごとく興奮してきた。私が何か重大な事実を隠しているのではないかと疑い、責め立てるのだ。私が結婚する約束で愛し合っていた幼馴染の山田敏子が家出をして私の友人鈴木と恋愛関係になったのを悲しみ、敏子が乗る横須賀線に爆薬を置き、乗客を殺傷しようとしたというのだが、私は人を殺傷する気はさらさらなかったと主張した。また、爆発実験をして正確な殺戮を試みたというのも、私は否定した。爆発実験は事件の日よりずっと前のこと、敏子が鈴木と良い仲になり、私を裏切ったのより、ずっと昔のことだと主張したのだ。つまり、私が爆破実験をしたのは、そのような爆破を用いて人々を傷つけるためではなく、純粋に私の気ぶっせいな気持ちを刺激するためだったと、これは何度も繰り返し相手の取調べ官に言ったのだが、一つは私の吃りのせいで我が意が先方につたわらず、かえって私が嘘《うそ》をついていると疑われたのだ。

一人の乗客が私の爆破で犠牲になった。幼い女の子のいる父親だった。父親を亡くすとは自分の過去に照らしても、まったく許せない大罪だと思う。私は自分の非を、殺人の大罪をおかしてしまった悪事を認めた。その事実を持ち出されると私は抵抗できず、相手の意見を認めるように黙りこみ、深く頭をさげてしまう。

一一月九日に逮捕されて、ひと月半ほどで初公判となった。時計の針が素早くぐいっと動いたような感じであった。

一二月二五日横浜地裁の初公判が、午前一〇時横浜地裁特号法廷で開かれた。法廷に入る時、私は傍聴席をちらりと見た。母も兄も見当たらぬと見て取った。失望と安心の相容《あいい》れぬ気持ちが胸のあたりを打った。体が落下する。そんな感じで被告席に着いた。別に悪びれることもなかった。検事が起訴状を朗読した。やれやれ罪名が六つもあった。船車覆没致死《せんしやふくぼつちし》、電汽車転覆《でんきしやてんぷく》、殺人、同未遂、傷害、爆発物取締罰則違反。朗読に続いて裁判所側から罪名の意味を解くようにと釈明請求があった。私は耳を澄ませて検事の釈明を聞いていたが、結局はよく理解できなかった。

起訴状の罪状認否になった。それまで身じろぎもせずに法廷の遣《や》り取りを聞いていた私は振り返って、よせばいいのに、発言していた、裁判長をまっすぐと見て。

「乗客を殺すとか、怪我《けが》させるとか言う目的はありませんでした」

「網棚に仕掛けてしまってから乗客に死傷者がでるかもしれないとは思いました」

「私はただ電車そのものを爆破したいと思っただけです」

私は自分をあざ笑った。なんという無様《ぶざま》な発言だ。乗客を殺す目的はないけれど、爆弾を仕掛けたあと、おのれの爆弾が人殺しをするかも知れぬと思っただと、そして最後に、乗客を殺すかもしれない爆弾を仕掛けたのに電車だけを爆破したかっただと？

猛烈な慚愧《ざんき》の念が全身に起こった。これではまるで最近読み始めた旧約聖書のロトの妻だ。罪の街ソドムより逃げるとき、後ろを振り返るなという神の意志にしたがわなかったため、塩の塊になってしまったのだ。裁判長の顔にわずかながら笑いの影があった。嘲笑である。その顔から眼をそむけたとき、傍聴席にわが視線が走った。そこに母も兄もいなかったけれど、中学校時代の英語教師青木先生、これも中学校同級生の、おお名前を忘れた、女性が二人いたのを、はっきりと見た。そのほかは男の人々だが、若い女性も数人いた。名前も知らぬ若い女性たちであった。その数人の女の子が、そこに存在しているのが嬉しい。二五歳の大工の私を見るために来てくれたのが、いや、感謝である。

一九六九年三月三日、横須賀線爆破事件の犯人、純多摩良樹の論告求刑公判が、午前一〇時、横浜地裁で開かれた。検事は言う。「犯行は多数の人を密室に閉じ込め、時限爆弾を仕掛けたのと同じで残忍性は極めて高い。したがって寛大な処分は当を得ない。死刑を求刑する」

これに対して弁護側は言う。

「事件当時の被告の精神状態はいささか突飛《とっぴ》で異常であると思う。精神鑑定を請求する」と述べたのだが却下された。

また言う。

「被告人はまだ若い。どのような方法でもよいから社会に奉仕する機会を与えてほしい」と発言し、公判の最後に当の被告人は席に立って「申しわけないことをしました。深くお詫《わ》びいたします」と頭をさげた。

一九六九年三月二〇日、横浜地方裁判所は私に死刑を宣告した。私は一九六八年の一二月二五日に起訴されたのだから、わずか三ヵ月の短期間の裁判であった。

この地裁の判決理由を過不足なく報道したのが「朝日新聞」の一九六九年三月二〇日付夕刊であった。私の中学校時代の英語教師であった青木先生がその切り抜きを送ってくださったので、ここに要約してみる。

「事実関係は起訴状通り認定することができる。被告人は電車の乗客を殺傷する意思まではなかったと言うが被告人は犯行前に三回にもわたって爆破実験を行って爆発物の破壊力を十分知っておりこれを乗客が集まることの予測される電車内に装置すれば当然爆体のちかくにいる乗客の生命身体に危害を及ぼすであろうことは予期していたはずだ。

本件犯行は人を無差別に殺傷する爆発物を不特定多数の乗客が集まる電車に仕掛けたことによるもので、これは特定の人間を刃物で殺傷したりするような犯罪とは本質的に異なり、社会的にきわめて危険である。またその結果も悲惨きわまりない事態になった。

さらに本件は通勤通学用に利用される横須賀線電車でなされたことも看過できない。本件によって電車を利用するものは衝撃を受け、恐怖におののいた。もし本件が日曜日以外の平日に行われたとすれば、その損害ははるかに大きかったであろうことは想像にかたくない。

最近、交通機関内での爆発物使用の犯行がよく見受けられるが、この種の犯人はなかなか検挙できない。たまたま本件は神奈川県県警の努力によって解決をみたが、この種の犯罪のもつ独自のスリルと猟奇性《りょうきせい》は犯人検挙のむずかしさにより、その模倣性は十分考えられる。従って、この種の犯罪の量刑に当たっては、この点も考慮しなければならない。

以上の点を考えると被告人に対して、あらゆる有利な情状を加味しても被告人に対し死刑を処断するのはやむを得ない」

そう、私も死刑はやむを得ないと思う。残念ながらそう思う。しかし、まだ自分は確定死刑囚ではないとも思う。弁護士が上告しようと言ってくれ、それに従うことにした。従って私の現在の身分は未決囚なのだ。と言っても私がいずれは確定死刑囚になることも確かだと思う。

ところで一九六八年一一月九日に逮捕されてより猛烈な勢いの取り調べと調書作りで、一二月二五日の横浜地裁での初公判となり、さらに三ヵ月の裁判の末、これまたぐいぐい首を絞められるような勢いで死刑判決となった。この裁判のありようも、死刑判決の発表も、派手で異常で目がくらむ思いであった。

私は疲れ果て、誰彼に手紙を書くのも面倒になり、この疲労の苦しみから逃れるのは、判決が一刻も早く下るのがいい、言ってみれば早く死刑判決となって、二審の身になれと思っていたのだ。それほど横浜拘置所《こうちしょ》の房は狭くて待遇が悪かった。毎日の運動時間は十分間だけだった。収監者が多いので運動時間をそう短縮させていたのだ。十分では運動不足になり、鉄格子《てつごうし》越しのおしゃべりではいら立つばかりだった。


裁判のたびに私は苦しんだ。私が人を殺してしまったのは大きな間違いで、予測もしなかった出来事なので、自分でも犯人としていかにあるべきかという態度を、うまくというより、その態度を人にわからせるように表現することができなかった。

裁判に行くたびに、ああ俺は人を殺したんだ、だからその償いに、死刑の判決を甘受せよと、念を押されているようだった。

検事も裁判官も弁護士も、私は人を殺した殺人者だということばかり責めるような質問を繰り返し、私は裁判所から監房に帰るたび、自分がいつの間にか殺人者として生まれてきたような妙な気持ちにさせられた。

自分は非常に手先が器用で、大工として一流だと思っている。だから爆薬なんぞにちょっとしたいたずらをして火をつけてみると、ものすごい勢いの炎が喜び歌うような様になる。私はこういう形で、例えば故郷に帰り山々の動物たちを驚かせたいと考えたし、もちろんそれ以前に友達がみんな集まってきてすごい花火をやっているじゃないかと褒めてくれたのが誇らしかった。みんな酔っ払って、「お前、花火を上げろ」と言う。また何か面白いことはできないかと思っている人たちの口車に乗って、私はなんと三度もそういう花火大会をやってしまった。そしてその花火大会は全て、今度の自分の起こした事件のための準備であったというふうに、裁判官も検事も弁護士も思い込んでしまっている。

まるで何か大きな太い綱でぐるぐる巻きにされたような感じだ。自分はあがき悶《もだ》えるのだけれども、彼らにはその気持ちが通じない。そして私は最初から大勢の人間を標的に、電車に爆薬を仕掛けた殺人鬼であると指さされていた。

「死刑囚」は今までの自分の人生の中にはあり得なかった言葉なのに、いつの間にか私の真っ赤な没落《ぼつらく》の星として燃え盛っているというような気持ちにさせられた。

裁判が始まってから、誰かがクリスマス・プレゼントとして贈ってくれた一冊の聖書があり、それをパラパラとめくるうちに私の眼はイエスの一生を描いた四福音書に向かった。イエスが活躍しだす話だ。何よりも私が興味を持ったのは、イエスがいつの間にか罪人にさせられて十字架につけられた場面だ。ああ、イエスも死刑囚だったのだ。その死刑囚であるということが、私にとっては一つの慰めになってきたのだった。

同時に十字架に釘《くぎ》付けにされて、ものすごくひどい痛みと出血に追い込まれていた状態であったことが如実に描かれている場面は恐ろしく、またその死と復活の物語の意味を理解できず何度も読み返した。イエスほどの人物であっても神にむかって「わが神、なんぞ自分を見棄《みす》て給《たま》う」と叫ばずにはおれないほど十字架の殺人は苦しいと教えられた。私は死んだイエスが三日後に復活する話を読んでも、自分が死んだときの苦痛が小さくなるとは思えず、ひたすら身震いするのだった。

十字架の苦しみを経験しているイエス、復活して弟子どもに面接しているイエス、天に昇るイエス、この素晴らしい死から復活への推移を思うたびに、自分には復活の奇跡はおこらないと絶望するのだった。
しかし、イエスは紙から抜け出て、自分の前に生きている人間として現れながら、お前は今苦しんでいるが、そんなに苦しまなくてもいいんだ、人は死んでしまったならば、祈る具合によっては天国にいけるんだ、と言っている。天国に行く人間の中には、例えば自分のように十字架につけられて殺されてしまうという行く末を持つ者もいるかもしれない。けれども死者というものは、本当の神を信じることによって救われる道がある。だから、祈りながらもっと心を鍛えて生きなさい、とイエスは聖書の中で語りかける。何度もイエスが語りかけてくるので、私は嬉しいと思いながら他方ではこの意味をちゃんと誰かに説いてもらいたいと、その願いを出した。拘置所の中に入れる教誨師《きょうかいし》に会いたい、イエスへの信仰を厚くして、安らかに死を迎えたいと、希望を持ったのだ。

一九六九年七月一日、私の身柄は横浜拘置所から東京は池袋の東京拘置所に移された。第一審の未決囚は地方裁判所の管轄である横浜拘置所に収容されたが、そこは古い建築で冬は馬鹿に寒くて往生した。ところが第二審になって移った東京拘置所は、さすが首都という堂々たるいかにもそれらしい佇《たたず》まいのものであった。

　レールの上を重い鉄の扉が行く。この拘置所には雑居房と独房があり、この扉で隔てられているのだが、死刑囚の入っていたのは一番奥にある、周囲の監房とは離れた場所にある独房である。つまり死刑囚は一般の囚人とは別の建物の中に収容された。死刑囚の房は特殊房といって、逃亡できないように窓のところには非常に頑丈な鋼鉄の細かい格子《こうし》が嵌《は》められ、ガラスを破れないようになっていた。天井も棒を持っても届かないようにちょっと高くなっているため、房内はいつも暗い感じがする。

　独房は三畳間くらいの細長い空間である。奥に戸棚、洗面所、便器が並んでいる。洗面所は板蓋《ふた》をかぶせれば机に、便器は板蓋を閉めれば椅子となる。廊下寄りは二畳ほどの畳敷きだ。すなわち、人間が生きていく最小の空間は与えられていた。

　朝六時に起床、七時に朝飯で、九時ごろから裁判のある人は裁判所へ数珠繋《じゅずつな》ぎにされて行く。一二時までの間はひとりぼっちで、一二時になると昼飯が出る。

　朝食の前、六時半から七時くらいの間に点呼が行われ、みんなはそれで叩《たた》き起こされる。看守が名前を一人一人呼んで、ドアも開いて、何か異状はないか、整頓はちゃんとしているかと目を光らせて周りを全部見ている。

朝の点呼でみんな起床し、歯を磨く、大小便をするというような個人的な行為がある。一時にそうされるので、厚いコンクリートの壁を通して水の流れる音が一斉にしだす。

そして七時になると朝食が配られるわけだが、まだ湯気が出ているようなたくさんの朝食を車に乗せて運んでくるのは、東京拘置所の人ではなく、近くにある東京刑務所の囚人である。食事は鋼鉄の扉の板に開けられた食器孔《しょっきこう》から入れる。

一枚の厚い扉、本当に厚さを感じさせるような鋼鉄の扉には、看守にとって最も重要な監視孔が、ちょっと腰を低くすると中が全部見られる位置に開いている。看守は覗《のぞ》くときには、中の囚人がどこにいるかを確認してから覗く。ガラスのはまっている孔越《あなご》しに囚人が割箸《わりばし》やはさみなどで看守の眼を突くなどの悪さをするのを避けるためである。その下の方には食器孔が開いていて、そこから食事の他に手紙だとか本だとか、大体のものを入れてくれる。

その扉の上部には、囚人が看守の助けを望むときに、例えば病気だとか、下痢をしたとか、あるいは大切な手紙がくるんだけどまだですかなど、いろいろな要求をする際に合図を出す報知機がある。中のボタンを押すと木の板がポンと落ちて、第何号の誰々が今看守を呼んでいるという合図になる。

死刑囚と一般の囚人とでは入浴の仕方も違う。死刑囚は特別待遇で一番先に、一人ずつで入浴できる。一般の囚人の場合は二〇人も三〇人も裸で並んで、「入れ」の合図でジャボン、ジャボンと流れ作業のように浴槽に入っている。体を揺すっていると「出ろ」と合図される。体を洗うのも後ろの人が前の人の背中を流すような、大変な入浴である。それに対して死刑囚の入浴が一人ずつなのは、特別待遇ということもあるし、監視しやすいということもあるのだろう。

監房は三畳ほどの空間がずっと並んでおり、壁越しに隣の房の人と将棋をやったり小声で話をしたりすることはできる。しかし、大きな声で話をすれば窓側からずうっとみんなに聞こえてしまう。「大声禁止」などいろいろ規則はあるが、死刑囚の場合は守るやつもいるし守らないやつもいる。守らない人の中には、やけに饒舌《じょうぜつ》でよく笑い、この人は本当に苦しんでいるのかと思われるくらい不思議な人間がいるが、それは死刑囚に特有の拘禁《こうきん》ノイローゼという病気のことがあるそうだ。そういうのは朝からベラベラ喋《しゃべ》ってほかの囚人がうるさいうるさいと言い、精神科の医者はしょっちゅう周りが困っているがどうしたらよいかということで呼び出されていた。そういうときは不眠症などといって睡眠剤を少し渡す。若くてあまり経験のない医者は、一月《ひとつき》の間に一年分の睡眠薬を使ってしまい、薬品不足になり、おおごとになったりするという。

拘置所の中で医者に診てもらうときは、看守が一人必ず囚人について医務室に連れて行く。医者の前には長い列があり、看守と囚人が横になって並んでいる。医者が症状を尋ねると、まず看守が「こういう状態でございます」と医者にいって話が始まる。内科や外科は午前中で終わってしまうが、精神科医の場合はとても時間はかかり、午後二時か三時まで診察が続いた。なぜかというと、東京拘置所に囚人は二〇〇〇人ほどいるが、精神科の医者は、内科・外科が複数人いるのに対し、一人でその人数を診なくてはならないからである。

それぞれの房にはラジオのボタンがあり、押すと番組が流れるようになっている。好きな局を選べるわけではなく、管理する側が勝手に選んで流す。野球や歌謡曲といった番組が多く、野球などはみんな大喜びで聞いていていた。ニュースが突然途切れるようなことがあると、拘置所で自殺者が出たなど何か大きな事件があったとすぐわかる。テレビは日曜日に別の部屋の広間に死刑囚を集めて特別に見せる場合があった。また月に一回ぐらい、映画の上映があった。

2　罪と罰

一九六九年八月一六日（土）くもりのち晴、午後むし暑くなる

朝の様子では完全に雨が降るかのように思われた曇天だったが予想を裏切って夕方近くには西陽が射して来た。ところで今日は盆の一六日である。このようなところにいて盆も正月もないだろうし、まだ一度でも死刑とされた被宣告者が自由を求める事自体が無理な話だが。私は何かあるとすぐ郷里を恋しくなってしまう性らしい。五九年三月に中学を卒業し、六〇年八月二八日に上京した。そして、六八年六月までに実に一七、八回も田舎へ帰っている。

ところで今頃は故郷の実家へ姉達が行っているだろう。こんな事を考えると、また一層懐かしくなって来る。しかしここ監房にいてはどうしようもないことだ。私や、また、世間の人々が、もうあの事件を忘れかけていても、肉親は、お互いに顔を合せれば、いろいろ話し合っていることだろう。母や兄もさることながら、あのやさしい姉が私を忘

れるはずはないと思う。上の姉は、末っ子のこの私思いだった、他の誰よりも悲しんだろう。そう思うと胸がしめつけられる。

今日は盆でどこでも酒宴が開かれる。うちに限らず、よそでも話には出ることだと思う。何しろ私のことで郷里の人びとは、地が天に届く程、驚いたそうである。私の罪がそれ程社会的に影響が大きくなったなんて、想像もしなかったことだ。

そして母はどうしているだろう。母の手紙はいつだって涙に濡《ぬ》れていた。涙の乾いたでこぼこの手紙だった。せっかく息子と話をしたいのに、紙が涙ででこぼこになって、ちょうど出廷したため暗澹《あんたん》としている末っ子をなお真っ暗にするのだった。こんな手紙は読みたくないと書いてしまったら、まったく通信がなくなった。私は間違っていた。どんな手紙でも母の手紙は大事なもので、嬉《うれ》しいものであったのに、ピタリと拒絶するなんて親不孝者でごめんね。

兄の手紙は文章がなく、札が三、四千円入っているだけの現金書留だった。すこしでいいから話しかけてくれればと思う。裁判のとき証人として発言はするけれど、拘置所によって弟と面会することは一度もなかった。兄は私を叱《しか》っているらしい。もちろん、それは兄らしいが……。

一九六九年九月二二日（月）くもり

午後三時頃、クリスチャンの泉さんが面会に来てくれた。ちょうど二週間ぶりである。でも一生懸命に私の為《ため》に話をしていってくれた。そして祈ってくれた。あの面会時間の時だけが、私には一番心が安らかになるときだ。それがだんだんと解《わか》って来るのだから不思議である。本当に何もかも、主イエス様に打ち明けて、全てをゆだねて行きたいと、真剣に考えて来るようになった。いつも面会に来てくれるクリスチャンの方々に、「主イエスを信じるか」と尋ねられ、私は何ら迷う事なく「信じます」と応《こた》えている。でも、正直言って私は、キリスト又は聖書のことはまだ深くは判《わか》らない。だが私は主を信じたい。いえ、信じようと、いつもいつも努力している私なのだ。

一九六九年一二月四日（木）快晴、寒くない日

第二審初公判。朝九時一〇分頃出発して二、三十分で東京高等裁判所の仮監着、開廷は一〇時、三階第一号法廷。第一に感じたことは東京の法廷はもっともっと広い所かと思っていた。なんだか、裁判長と、ひざをつき合わせて話しているような感じだった。それに弁護人席も被告席の真後ろになる。傍聴席もせいぜい三〇名ぐらいしか座れないような感じだった。

もっとも高裁は地裁と違って、報道関係がやたらと入れず、写真撮りも認められないので、余分な広さはいらない訳だが……。地裁の仮監から建物が隣同士の高裁法廷へは渡り廊下を通る。三〇一号法廷へ入ったとき、傍聴席をチラッと見た限りでは、だいたい二〇名ぐらい座っていたように思う。顔を上げて、視線を確かめた訳ではないから、どんな人がいたか、判らない。また、自分としても辺りをじろじろ見るようなまねは、出来なかった。それでも証人に立った、兄や何人かの知人は見分けられた。他に、友人、知人、ジャーナリストの顔を認めることが出来た。女性が三人程いたがあれは、どういう人達だろう。弁護人は一審と同様、二人の先生が出てくれた。初め、人定訊問《にんていじんもん》を形通り終えてから、弁護人申請の証人調べが行なわれた。まず兄が一五分程、続いて二人の旧友が弁護人、並びに裁判長から尋問を受けた。尋問内容は、両名共、私が働いているとき、又は小さい頃、どんな性格の人間だったか、尋ねたものである。

最後にやはり弁護人を申請した、被告人の精神鑑定請求を裁判長は受理した。つまり認めたことだ。その理由として、被告弁護側の控訴趣意書と今日の証人訊問の内容からして、事件も事件であるので鑑定を許可した。一審では、どうしても認めなかったのに、二審では裁判長が、すんなり認めた。また、検察側からも一つの反対意見も出なかった。

次回の一二月二五日は、裁判所が指定した鑑定人の宣誓公判というのか、そのような公判があるらしい。次々回は三月三日と決まる。その時鑑定の結果が判明するだろう。鑑定の結果異常が認められなくとも、自分には他にまだ審理の対象になる理由がある。計画性、実験性、未必の故意等々。今日の検察側はいやにしょんぼりしていた。それでも「破壊の概念」の点で、反対意見を述べていたようだ。もっともこの裁判の場合、本人控訴なので、あくまで、弁護人に主導権が握られているような工合いだから、あるゆる点で主張が出来るのだろう。と私は感じている。

一九七〇年二月一〇日（火）快晴、寒冷

晴れているわりに今日程、冷え込みの厳しいときはない。そんな中でカタカタ震えながら作業していたら、教誨師《きょうかいし》の泉田精一先生が来てくださったというので、面接する。二〇分間ぐらい話す。この先生とは初めて逢《あ》うのだ。先生、西多摩福生《ふっさ》のプロテスタント教会をよく知っていた。

この一年間、面会時のクリスチャンの人は別にして、一度も牧師さんに逢ったことはなかった。ただ、独学というと少しオーバーだけど、自分で聖書を毎日読んで来た。ただ読んで来ただけだから、説明は出来ない。次回からは本格的に聖書の勉強が出来そうだ。

午後泉田先生から差し入れの食品が入ってくる。リンゴ四個。サクマのキャンロップ一袋。コンビーフ大一個。

一九七〇年二月一一日（水）快晴で無風。だから外は最高の暖かさ

今日は人を馬鹿にしたような建国記念日だ！

同じ監房の並びにいる連中。よくもまあ、朝から晩までピーチクパーチクしゃべっていられるものだ。

自分は、セイシンカンテイなどというものをまったく意識していない。精神科医の中田教授が来て呼び出されれば、気楽に取り調べ室へ出向いて、素直に従うだけだ。自分としてもあれが、セイシンカンテイだとは思えない。事実そうなんであるが、そうは思えないのである。早い話が、あんなもんで、他人の精神状態が判別出来るのだろうかと疑問さえ湧《わ》く。まして、裁判長の依頼していた、「犯行時の精神状態」など分るのだろうか。二年前のことが正確に判別出来るのでしたら、これ程医学に感謝してやりたいことはない。もっともまだ、二、三回診察を受けただけだから、これから先、どんな方法で、私の脳髄をいじくり回すのか知らないが、一応、鑑定人も裁判長から直《じ》かに依頼されたのであるから、徹底的にかき回すのだろうが。……あとが怖い。――

自分は今まで自分をセイシンイジョウシャだと思ったことは一度かってない。私は心身共にまともな人間だ！

この一年近く、まったく同じことを、寝ても起きても考えてきた。たった一つこれだけは、雨が降っても風が吹いても思いあぐねてきた。

結論を言えば、一度手紙を書くことで済むことだ。勿論《もちろん》、わが恋人の敏子のことだ。少なくとも、昨年の暮れ頃、敏子の住所を知るまでは、手紙を書くことと、彼女の住まいを捜すことと五分五分であった。しかし、その後は、発信のことだけにしぼられてきた。思い切って書けば、二、三時間で済むことなのに、なんで、今まで長いこと悩んでいるのか。本人も判らない。彼女の住所を教えてくれたのはジャーナリストの鎌田氏である。あの人には、参考になることを数多く教えてもらった。あの人と文通したことは常に大いにプラスになっている。

さて手紙だが、数回書くことは書いた。もっとも、二、三枚書き始めたといった方が正しい。しかし、すべて皆、途中で止《や》めてしまい破いて捨ててしまった。少し書き始めると、どういう訳か、自分でも予期せぬことが頭に浮んで来て、ペンが止ってしまう。それ以上は、様々なことを考えてしまい、結局書けなくなってしまう。死刑囚が一人の女に手紙を書けなくて一年間も悩んでいるなんて、まったく馬鹿馬鹿しい話だが、実際そうなんだから仕方ない。

一九七〇年二月一六日（月）おだやかな冬の日

先週から教誨師の泉田先生に説教を授けてもらっている。やはり、この方法がどんなに勉強になることか。今まで、独学でやってきたことは、この日のために決して無駄ではなかった。泉田先生にこれからついて行くのと同時に、これは私の独断だが、先週から、聖書通信講座を受講している。泉田先生と、通信講座と、クリスチャンのベイド先生方の面会のときの教えなど。このようにして、私、自ら、キリスト教の信者として信仰に没頭出来るような感情を自分の中に、確立出来ようとは、昨年までの私には考えも及ばなかった。――自分はまだキリスト教の多くはよく解らない。いや、これは全《すべ》ての信者の一生の課題かもしれない。しかし、私はここで改めて、主、イエス・キリストを信じることを、かたく誓いたい。アーメン。

同囚には、今頃になって、つまり罪を犯してしまってから、キリスト教だの仏教だのを信じようとして一生懸命になったとて、もう後の祭りだと言う者もいる。多分娑婆《しゃば》の人間も同じことを言うだろうと私は思う。だが、私は、いちがいにそうとは言えないと思う。いいえ、私はそうは思わない。第一に信仰に時期はないと思う。第二に、信仰は、人様からどんなに強要されても、これだけは物品ではないから、果して自分の意志がなければ入信は決して不可能だ。私が初めて聖書を手にとってページをめくったときは、これを読み、キリストを信じ、命を助けてもらおうとは思わなかった。と言うと嘘《うそ》になるだろうが……だから、その気持もいくらか、あったけど。何よりも、これから私は、最終的にどんな判決が下っても、決して心を乱すことのないようにする為《ため》、神に全てを悔いて行く。これが信仰第一理由。再び、再三、死刑判決になっても、それを平気で耐えられる心になりたいから。事件の重大さは、本人が一番よく知っている。だから信仰に対する結論として、いちがいに助命だけを願うものでは決してない。朝に晩に私の祈る祈りはこれ全て、被害者の方々へ捧《ささ》げる。

一九七〇年三月二日（月）快晴、平年より低めの気温

午前九時頃、運動中に呼び出され、鑑定のため、いったん監房へ戻って、背広に着換えて、お茶の水駅前の東京医科歯科大学の高層病院に連れこまれた。

午前中は身体検査、四〇、五〇ヵ所、体の寸法を計る。写真を撮る、前、後、左、右、

斜、とあらゆる角度から。これらはすべてパンツ一枚の裸同然でやられるから、とんだ見世物だ。少しの寒さぐらいは平気だが、やはり、長くかかると、身に沁《し》みる。昼めしは病院から弁当が出た。トンテキと銀シャリ。いやまあおいしかった。

午後は一時より二時まで同じ七階で、文章テスト。二時より三時すぎまで、脳波テスト。途中から、とても気持が悪くなる。動脈注射をされながらの検査は、気分が悪くなり、心細くもなり、生きた心地がしなかった。自分でもまったくだらしないと思う。あんなものは生まれて初めてやったので、余計恐かった。終ってから気分が悪くなるのを止める注射をしてもらった。

それで三時半頃病院を出て、ここへ帰って来た。そして、ちょうど夕めし時間だった。めしを食べ終るまでは、多少の目まいだけだったが、食後少し経《た》ったら、今度は頭がずきずき痛むやら、気分が悪いやらで、まったく処置なし。もっとも夕めしは、鯨カツだったから、無理に食べたようなものだ。しかし、車に乗ったぐらいで、こんなに気持悪くなるものだろうか。我ながら実にだらしないと思う。やっぱり、純多摩《すみたま》と言う人間は、かよわい人間なんだ。

病院では朝頂いたコーヒーがうまかった。監房で飲む、ぬるい湯のお茶とまるっきり味が違う。病院ではどの検査をやるときでも看護婦がいた。わりと親切で、テキパキと動いていた。特別、自分に注目したり、裏目をつかって見つめたり、しなかった。その分だけ、自分の気分がほぐれた。しかし、あの看護婦たち、自分が横須賀《よこすか》線の爆破犯人だということを知っているはずだろうに、死刑囚の手を取って検査して、どんな気持だろう。

精神鑑定なんて、ほんとうに嫌で嫌で仕方ない。あのように人の前に恥をさらすのは、実に惨《みじ》めだ。今日という今日はとくと感じた。車の中から、街々を眺めていても、悔《くや》しくて仕様がない。

自分だって、好きでこんな様になったのではない。ただ、ちょっとした加減でこんな死刑囚になったのだ。私は自分を悪党だとは思わない。今日車内から眺めた街々の家の中、あるいは歩いている人々の中には、もっと心の曲った、どうしようもない人間が大勢いるはずだ。私はたまたま、事件を起こして、こんな結果になったけど。真意は他人には伝わらない。

いつだったか新聞に、私が法廷では肩をいからせて、不貞不貞《ふてぶて》しい態度だと批難されたが、好きで肩などいからすものか。今日の身体検査でも証明されたけど、自分は元々、右肩が四、五センチも低いのだ。これと言うのも、職業が大工であるから仕方ないのだ。自分の体は元来肉体労働に向いている構造ではない。体力がない。それを一五歳の少年の頃から毎日毎日肩に重いものをかついで一〇年も生きてきた。右ききだから、当然、右の肩が下がってしまう。元巨人の金田投手だって永いこと、左の腕で投げ通してくると、ひじもあんなに曲ってしまうではないか。重労働者の大工だって変りはないと思う。

それをマスコミはなんか粗《あら》を捜して、私を非人間的怪物に創《つく》り上げてしまう。前に何回も述べたが、私は自分を精神異常と思ったことはない。弁護士が勝手に鑑定申請したのを、裁判長が、たまたま、運よく、申請を認めた。ただそれだけのことであるから、自分は彼らの言うままに行動しているだけに過ぎない。だから、自分は期待はしてない。一つだけ、鑑定のため審理が延長され、一日でも多く生きられる。そう、これだけが、一つの利点ではある。

一九七〇年五月一四日（木）晴、平年なみ

開廷は午後一時、今日は精神鑑定の結果報告だった。鑑定人の中田先生へ、弁護人と裁判長の鑑定質問が行なわれた。報告書は三者へ事前に提出済みらしく、今日の法廷で改めて朗読はしなかった。しかし、私は全文を一応見たかった。主文によると、精神状態について、その下にすごく長ったらしい名称がついていた。一度聴いただけで、覚えられる簡単な名称ではなかった。専門用語ばかり用いているのでなおさら。訊問やそれに対する応答をきいていた範囲内では、いわゆる、極端な精神病とかいうのではないらしい。かといって正常でもないという。精神異常者ではあるけれど、それは一般でいうそれではなく、かなりかたよった性質のものであるらしい。

ただ、これが一番本件で大事なことなのだが、爆弾の実験性と計画性の点は、当時の精神状態を鑑定した結果、前述のような特異的性格者であるからして、被告人の場合、当日突然本件犯行を決意したものであって、以前から、横須賀線の電車をやろうと計画をしていたものではないと肯定出来る。したがって、前三回の実験も、本件電車を爆破する意図があったものではないと判断すると、述べていた。この点は誰よりも私が主張したい事だった。しかし、私がいくら弁明しても認めてくれなかった。それを、鑑定人が証明してくれたとも言える。感謝々々。

だが、私の事件は大きい、社会的に凶悪な犯罪だ。多少の精神の特質異常と認められても、直ちに減刑につながるとは思えない。結局最後に裁判長が計画性と実験性をどのように判断するかにかかっている。次回は六月四日（木）午後一時半に開かれる。その日は私に対する、弁護人及び検事裁判官の訊問を行うという。

一九七〇年五月一八日（月）快晴

びっくりした。便器のふたをあけたら、巨大な蛇かと見まがうネズミがいた。そして、すぐさま、暗黒の下水管にもどり、煙のように消えた。てっきり悪魔のいたずらだと思った。

一九七〇年八月一一日（火）晴、暑い

六月四日と今日で、東京高等裁判所での第二審は本日で終了。

主文＝被告人、弁護人の控訴を棄却する。

最初が肝腎《かんじん》とは真《まこと》にこの事だ。全て一審の供述調書を主体にして判決文を組んでいる。これでは、何のための控訴だか判りはしない。いずれにしても社会的危険性を第一番に考えた二審判決だった。

一九七〇年八月一二日（水）くもり夜一時雨

国家は私をどうしても死刑にすると言う。事件直後、警察庁は広域重要指定一〇七号事件とし、神奈川《かながわ》県警本部へ対し、捜査費用はいくら費やしてもかまわないから、世間への手前、警察のメンツにかけて、この事件の犯人を必ず逮捕せよという至上命令を下した。五ヵ月後、捜査費約三億円を費やした揚句、漸《よう》く犯人を逮捕した。捜査本部に総理大臣賞が贈られた。いわば国家をあげて私を検挙した。

そのためにおいても、たやすく、私を娑婆へ出すことは出来ないと言う結論に達する。これは国家のメンツにかけても……。そして、この種の犯罪の再発を防ぐために、いわゆる模倣性を鑑《かんが》みて検討した時、被告人への同情は禁物で厳罰極刑にするという国家の結論を横浜地方裁判所も東京高等裁判所も、それを代弁したに過ぎない。実験性計画性に関しての真相を両裁判所とも明かそうとしない。

社会的重大性を第一の判決理由としている。多少の精神的異常や、被告人の幼年時から最近に至るまでの、かくかくしかじかの境遇で恵まれなかったことも、事件の重大性から鑑みるとものの数でないと思う。国家が私を抹殺するためには、どうしても「周到なる計画的犯行」に仕立てなければならないと言う。これでは、世の中に真実など存在する訳がない。私は、判決文の朗読を被告人席で聴いていた。そして、裁判長が、判決文を四分の一くらい読んだところで、私は「ああ、これは駄目だな」とピンと来た。私は何のために控訴したのだ。それに、警察や検事の供述調書は必ずしも正しくはないのだ。むしろ、警官の誘導訊問とか、検事の推測が事実となっているのだ。

また私は、言語障害で一般人のように思う通りには喋《しゃべ》れない、まして逮捕直後の数十日は気も動顚《どうてん》しており、質問にも答えられる状態ではない。そして吃音《きつおん》するから、鋭い訊問には全く自分の発言が出来なかった。つまり第一審はこのような状態で裁判を一方的に進行されたので自由な弁明が出来なかった。だから、高裁では、それらを考慮してもう一度取調べ、あるいは審理して欲しいと言う趣旨の控訴をした。それが見込み違いだった。あれでも日本の裁判なのか。何がなんでも、計画的犯行に決めつけねばならないらしい。

一度死刑の宣告を受けると、もう善人も悪人もない。そして、我々被告人は、裁判官の好きなように料理されてしまう。真実を訴える弁明など彼らに通じるはずもない。私も甘かった。高裁に対しては、あんな臨み方ではいけなかったらしい。私の事件は、普通一般の誰が見ても単純な犯行である。もの好きのいたずらが度の過ぎた行為をためしたに過ぎない。誰が計画して電車を爆破する必要があるか。しかし、権力側の解釈は全く異なる。とにかく悪い方悪い方へと解釈して恬《てん》として恥じない。

はっきり言って私は負けた。完全に敗れた。私は真剣な真実を訴える叫びだったが、国家は用意周到なテロリストとしか受け取らなかっただろう。くどくどと真相を訴えて控訴趣意書に趣旨を述べた自分が愚かであった。国家権力の壁はそうはたやすく破れない。人間は平和を叫びながら戦争を繰り返し、生きたい生きたいと叫びながら死んで行く動物らしい。

私は、二審の刑に服す。上告などするものか。それが私の力なき抵抗である。しかし、周囲の人々は反対するであろう。それに対し、私はどこまで説明出来るか……。

最後に、何度も言うがこの世に真実なんてありはしない。無罪主張者は、無罪を訴え、真相を叫びながら、死刑を執行されて行く。それを国家は冷酷に眺めているのである。これこそ非人間的行為だ。「悪魔でも人の心は判らない」と言う諺《ことわざ》がある。裁判官とて一個の生命体である。私の心が何で判るか!! 計画的ではない。本来の目的をもった実験では無いのだと、証人や証拠をあげてあれ程弁明したのに、何故《なぜ》、それが理解出来ないのか。死刑でもかまいやしない。しかし、無いものを有ると決めつけられては、私も憤りを感じる。

一九七〇年九月二五日（金）雨（運動休み）

誰が見ても、私の出す手紙は、「生きたい生きたい」と思っているように映るらしい。私はいつ死んでも天国へ行ける。キリストを知った平安と喜びが判るか！　いや、判りっこない。

一九七〇年九月二六日（土）涼しい

――私はいつも考える。天国とはどんな所だろうと。現在は被告の身だが、一年後には死刑囚となるだろう。今は死刑囚でないから、確定した人間の心境にはなれないが、しかし、私に一つ言えること。それは、死を恐れていないと言う事。なぜなら私は既に死を肯定しているからだ。ここまで自分の意識をたどらせてきて、私は自分に嘘《うそ》をついている、死など肯定できないと自分を責める。死は怖いと正直につぶやく。私の意識は死の恐怖までなのだ。人間は誰ひとり、死を経験していないのだから、仕方がないと私は頭《こうべ》を垂れる。死刑を実行する刑場までは想像できても、死の瞬間までは無理なのだ。

一九七〇年九月三〇日（水）くもり、秋めいた日

夢を見た。弁護士の先生が夢に現われた。今まで裁判中では初めてのことだ。そして、夢は何故に、私と先生を会わせたのか。理解出来ない事もないが、私には不思議だ。なにしろ此頃《このごろ》は弁護士の事など別に考えた事はないのだ。

さて夢の中の舞台だが、ある郊外の学校の屋上だった。その前、私は校内の体育館あたりにいて、人の運動（あるいは芝居だったかもしれない）を漠然と眺めていたら、スピーカーで呼びだしがあり、そして屋上へ出向いて行ったのだった。屋上には大勢の人々がいた。そこには赤と白の天幕が張ってあり、テントを張ってある所に十卓ばかり、机が並んでおり、年輩の偉そうな人物がズラリ腰を掛けている。

私は弁護士先生の前に進み出て一礼した。その時先生が初めて口を開いた。「……君は、電車爆発の前に三回に及んで火薬の実験を行った訳だが、あの実験をやっている時は本当に、これを使って電車を爆破してやろうと言う考えを持っていなかったのか。また、何故自分がこんな危険な遊びをしている事に対して、何ら自覚はなかったのか。結果を鑑みる時、あの三回は単なる遊びですと言ったからとて、人々は容易に納得すると思っていたのか。……ようするに本心はどうなのか、私には、はっきり聞かせて欲しい。話を整理して見よう。君は横須賀線爆破の目的を持って、実験を繰り返したのか。それとも、実験後、よしこれでうまくゆくと言う確信の元に、新たに電車爆破を思い立ったのか。どちらなのか」。……やはり玄人の弁護士であるだけに声に威厳があった。

先生の言わんとする事は、私にはよく判る。だが真相はそのどちらでもないのだ。私はそれを訴えた。力一杯叫んだつもりだ。その甲斐《かい》あって、先生の顔が風船のように膨れ上がった。そしてポンと音を立てて消えてしまった。

一九七〇年一〇月三日（土）くもり、平年なみ

高裁の判決謄本届く。判決文に対しては前にも書いたし、改めてここに書くまでもないが、ようするに「計画的犯行」を、原審より一層に堅いものにしてある。

一九七〇年一〇月二八日（水）平年なみ

上告趣意書の提出命令が届き、期限が一一月末日と指定され、約一ヵ月間しか猶予がない訳だから、ぼちぼち作成にとりかからなければいけないのだが、どうした訳だろう。趣意書になど全く手が出なくなった。

正直言ってどうせ葬り去られる文書など書くのが嫌になってしまった。しかし、それでも書かなければならないのか。本当なら、自分の趣旨を詳細に述べて弁護人へ頼む方

がいいのだが、どうもその気になれない。又お互いに何の連絡もないけど。

一九七〇年一一月一八日（水）雨のちくもり、平年なみ

雑誌「信徒の友」一二月号一部差し入れ。

おや、やっぱり私の短歌が載っていた。

戦争が起らねば父は在りしとて　人らも母も我れに教へき

まさかこの句が投稿第三席に選ばれるとは、思っていなかった。ほんの悪戯《いたずら》の気持ちでこの雑誌に投稿してみたのだ。文語文で書いてみたのも初めてのたわむれだし、どこか、雑誌や新聞にも紙飛行機で遊ぶつもりで投稿したのだ。でも、この私の第一首が編集者に認められたのが、こんなに嬉しい気持ちだとは自分でもまったく予想外であった。

一九七〇年一二月一〇日（木）晴、平年なみ

浜松のプロテスタントのO先生から手紙届く。大学教授の先生の手紙にはいつも励まされる。そして自分の信仰の足りなさを痛感する。確かに先生がおっしゃる通りだ。我々人間は一度は必ず死ぬのだと言っても、自分から死ぬことはできずに生きている訳だ。であるから、私のように〝死〟を宣告された人間がそれでも肉の生命に溺《おぼ》れると言う、その思想自体が可笑《おか》しい。社会に生きていてもいつどこで死ぬか分らない、現代の公害情勢だ。そんな中にあって、神を讃美《さんび》し、信仰で救われようとする私の欲望は虫がよすぎると思うが、O先生は、イエスを信ずることはイエスの喜びであり、イエスに救われることは、さらに大きな喜びだと言う。つまり信ずることによってわれら死刑囚の死は、天国への旅立ちになると言う。ああイエスさま、お助け下さいませ。死刑執行の瞬間に、厚い壁も、高い塀も、固い鉄格子《てつごうし》も、私にはない、と信じられますように。

一九七〇年一二月三一日（木）晴

今年ももう終わる。今日一日、坐《すわ》る位置を変えてみた。無論、座布団無しで終日坐っていた。一度も壁にもたれることもなく――。やはり忍耐のいることだった。しかし、なんの罪もとがもなく被害を受けた電車の乗客のことを思うと、これぐらいなんでもないことだ。むしろ、もっともっと苦しんでしかるべきなのだろう。

私がいつも自覚していることは、自分の犯罪は、他の人のそれと全く異なるということだ。私の思考からこれを切り離すことは出来ない。罪の意識を持つ、持たないという問題ではないのだ。私は、一対一（あるいは二でも三でもいい）における犯罪であった方が、どんなに自分が救われていたかしれないと思うことがよくある。判決が不特定多数の殺傷の意思をもって――と、決めつけたように、私に対しても不特定多数の市民の目が、日夜、いろんな角度から光っていることを肌で感じることが出来る。他の罪と違って被害者以外でも全く知らない人間たちから、私は怨まれている――と、思わざるを得ない。だからといって、今更どうということはないのだが、全く知らない人間から、私のことを覚えられているということは、実にいやなことなのだ。

3 刑場と獄窓

監視所に絶えまなく回転するcamera《カメラ》わが表情をしばらく思ふ
明日知れぬいのちと思ふにRoentgen《レントゲン》撮らむと死囚ら胸ひろげ待つ
鉄扉《てつぴ》ひらく音に心のさわだちぬ処刑の部屋につづく朝露

ああ、自分は刑場のある拘置所《こうちしよ》、栄《は》えある有名な東京拘置所に連れてこられたのだ。

一九七一年三月二〇日（土）晴、平年なみ

上告趣意書を書き終えたあと、午前中は聖書を読み、午後は短歌入門の本を読み、夜は短歌詠《よ》みに向かう毎日だった。この毎日を繰り返すうちに、正月、春が過ぎ、今日となったらば、まったく不意打ちに名立たる小菅《こすげ》拘置所へ移転になった。早朝、池袋を食事前に出発。いわば寝込みを襲われたような具合。どうやら、被告全員一度にそっくり移った模様。沿道の想像以上にものものしい警備護衛には、真に国家権力を見せつけられた思いだ。恐れ入った。さすがは大東京拘置所の総移転である。――新しい監房は、横浜より大きく高層で美しく怖い。何とこれまでの東拘は、かつて戦犯の人びとが収容されていた監獄であった。池袋の繁華街に取り囲まれた、しかし頑固なアメリカ式要塞であった。A級戦犯の爺様《じいさま》たちが十三階段を登って高い所で首吊《くびつ》りされたロンドン塔ではなく、「東京塔」であった。

一九七一年三月二一日（日）薄ぐもり

引越しのとき何年ぶりかで重いものを抱えて来たので、そのときの疲れがまだ腕に残っている。両腕が非常にかったるい。昨日よりは少しいいが、新しい独房での生活はまだ馴《な》れない。ここの業務も、平常ペースに戻るのは、ずっと先のことのようだ。とにかくどちらを向いてもコンクリートの建物ばかり、緑が全くない。小鳥もいない。相模原《さがみはら》のただなかに出来た工場群のそのまた中の一室にいる感覚だ。――風呂場がきれいだ。監房の風通しもいい。洗濯ものは直《す》ぐ乾きそうだ。――舎下《しやさ》げ宅下《たくさ》げ（自分の持ち物、主に書物や筆の房内持ちを舎下げと言い、家族の所に送ることを宅下げと言う）はここ当分だめだと言う。発信も定期だけが出せる（一回七ページの封書、一週間に六通まで出せる）、私は定期で充分だ。

――夜、短歌の割り振りを終える。一篇《ぺん》に二首ずつ、最終篇だけ一八首、合計一七五首。やれやれ、いつのまにか短歌を書いてしまった。この歌に添削を加えたら、すこしは読める短歌に生き返るのだろうが。何を言っとる。歌人ではあるまいし、お前の詠んだ短歌など誰も見向きもしないよ。自分で自分を嘲笑《あざわら》った。そして、すっきりした。

一九七一年四月八日（木）くもり、平年なみ

本日、最高裁初公判（弁護人、口頭弁論）

公判は五分ぐらいで終ったというのが意外であった。裁判官が「上告趣意書の通りでいいのか」と弁護人に訊《たず》ねたところ、「いいです」と答えた。すると裁判官は「それではこれで終審にする」そして、「判決日はあとで通告する」といって、終ってしまった。

一九七一年四月二二日（木）晴
死刑が確定した。なんと私は栄えある正真正銘の死刑囚となった！

死の判定成されし一瞬法廷は静謐《せいひつ》にして還らぬ思惟《しゐ》あり
極刑は已《や》むなきものと告げにつつ裁判長は杳き眼《とほめ》をする
一瞬に人を殺《あや》めしわが罪をおもへばこの身凍る思ひす

一九七一年八月一日（日）晴
今日の読売新聞日曜歌壇に、私の短歌が載り第二位に選ばれていた。その歌は、

水溜《みずたまり》に映る死囚の影淡し　その影さへも風にさゆらぐ

その選評を歌人の田谷鋭《えい》さんは「つねに「死囚」という意識からのがれ得ないでみずからの姿を見つめている。この一つだけで常人にははかり知れぬ大きな責苦と言えよう。

たまたまのぞいた水溜りのその影は、どことなくおぼろにとらえにくいのだが、それもひと時、たちまち風に吹き消されてしまう……。「その影さえも」の詠嘆が、ことさらでなく素直で心をひく」と言うことだった。

ついでに、先だっての朝日歌壇（七月一一日）へ載った歌を選者の歌人・前川佐美雄さんはこういう評をしていた。歌は、

面《おも》知らぬ父よ黎明《れいめい》の獄窓《ごくさう》にわが念《おも》ふ姿となりて映りぬ

だった。「一首目、生みの父を知らないのが不幸だ。その父を思いえがいて懺悔《ざんげ》している。まごころが感じられる」と述べていた。

運動場で、日曜日の映画会の広間で、短歌についてよく同囚と語り合う。ある人は、我々が歌を詠むとき、「獄舎」「独房」「死刑」「死囚」などといった言葉は使うべきでないという。確かに、俳句などでは使う必要はなく、また、五七五だけの中に、これらの言葉を入れて、むだづかいすることもないと思うが、しかし、短歌の場合は違う。少な

くとも、俳句とは作法が異なる。三一文字もあるのだから、「獄舎」他を入れてもむだづかいではない。出来たら、「獄」や「死」を思わせる言葉は使わない方が妥当かもしれない。私もそれはわかる。しかし、必要に迫られての歌なら、これらの「忌む文字」を使わざるを得ないのである。決してこれらの言葉を挿入したからといっても、なにも娑婆《しゃば》の読者に同情を求めるものではないのだ。私の場合は、そういうつもりで詠《うた》っている。

人がなんと言おうと、私は自分の歌から「獄」を思わす言葉を除くことは出来ない。私は、単語の使い方など気にしない。遠慮しないで堂々と、どんな言葉も使う。それが私の「生」の証《あか》しである。文学は言葉など選ばない。大いに詠う。——これでいいのだ。

一九七一年九月一日（水）晴（初秋感あり）平年なみ

一〇時二〇分——泉田先生教誨《きょうかい》。今日の教誨は三週間ぶりだった。一週間に一度は必ず見られる先生が、三回もあけると、なぜかひどく月日が経ったように感じられる。

——洗礼の話が出たり出なかったりしてしばらく経《た》っているので、今日は思い切って、早く洗礼を授けてくれるように頼んでみた。頼んだというのは適当でないかもしれない。伺ってみたとしておこう。ただ、私の先輩の死刑囚がおり、その人が未《ま》だ洗礼を受けていない。そんな訳で、あとに入った私があまりしつこくいうと、前の人をはねのけるようで、これでもかなり気をつかい遠慮してきたのである。自分としては、一日も早く受洗したいのは勿論《もちろん》なのである。私は、決して人様に自慢出来る程立派な信仰生活ではないかもしれないが、しかし、受洗と未洗とでは、はっきり心構えが違ってくると思う。

一九七一年九月三日（金）霧雨（ぐぐっと低めの温度）

死んだあと、自分の体をどうするかという問題で、今日の運動時間に話し合った。問題というと、やや大げさであるが、いつもの習慣で、運動時間の半分をキャッチボールに費し、あとの半分を四人の雑談にあてている。毎日のことであるからいろいろな話が出る。そんな中で今日は、この話になったのである。なるほど、この男の言う通りだと思った。そして、私自身も考えてみたこともあることだ。少なくとも肉親としては、私が死んだあとの体を引き取りたいと思うかもしれない。そして、郷里の墓地に先祖と一緒に並べたいだろう。いや、並べたくなくとも、周囲の手前、そうせざるを得ないだろう。

正統な身寄りがいる死刑囚の落ちつくところは結局、先祖と一緒の墓地なのであろう。しかし、私はそれは嫌である。なんとしても、純多摩《すみたま》家代々の墓に入ることは、忍びない。そこで考えたのがあのことである。それについて、今日は仲間といろいろ話した。結婚していない自分は、向う三〇年間、「死刑死亡」として母親の戸籍に残されることは、とにかく、許していただく他ない。この点、既婚者だと、戸籍が分離するため「死亡原因云々《うんぬん》」で、親、その他に迷惑をかけることも少なくなるけど、未婚ではその戸籍が親について回るのでどうしようもない。

ところで、彼のように、カトリックの神父さんで快く引き受けてくれる人が、今の所、私にはいそうもないので、少し心細いのである。なにしろ、血の通っていない人間の、しかも、死刑囚のナキガラを引き取ってくれる人間は、いないような気がする。真に神さま以外はおらんだろう。だから、彼の神父さんはその名の通り神さまである。

彼の神父さんは、西多摩のある町に教会所有の墓地という当てがあり、その第一号者が、先に刑を受けた人だった。そして、彼は第二号になるという。それでは私が第三号にしてもらおうかと冗談で笑い合ったものだ。しかし、心底から笑えなかった。私は、新教・プロテスタントである。旧教・カトリックとは、同じキリスト教でも大きく異なる。なにしろ、ローマ法王庁に叛《そむ》いて新改革をめざし、エルサレムから東方、アジアの方へ伝道されたのがプロテスタントだ。カトリックは西方ヨーロッパへ伝道された。今さら、教派を乗り替えることはできないのである。もっとも、新教で私の知っているどなたか、新教クリスチャンのナキガラを葬ってくれる所がないものだろうか。純多摩家の墓に死刑囚の名を刻みたくないなら、真剣に、あとのことを考えなければならない。彼の話を聞いて、快く承知して下さったという、神父さんが憎いネ。私の関わりのある牧師さんや教会は、いかがなものでございましょうか。確定したのは、彼よりも二年近く遅い私だけど、お迎えのときに、あわてないようにしなければならないと思うのである。

やっぱり、いくら我々でも、唯《ただ》、やけになって死ねばいいというものではない。今まで、差入れや弁護士費用で散々お世話になって、今さらこんなことを言うのは誠に卑怯《ひきょう》だと思うのですが、今にして身よりのない天涯孤独であったら、どんなに良かっただろうかと、つくづく思う。

人間の血とは、なんと罪深いものであるのか。それゆえに、わたしたちの主キリストの血の贖《あがな》いは、いかに尊いものであるか判るのである。キリストものであるから理解できるのである。所詮、人間は運命や宿命からは逃れられ得ないものなのである。神は人間に、運命を与えたのである。それは、神の御心《みこころ》であったのだ。人間は運命に逆らうことはできないものであったのだ。その運命に逆らって生きようとするから、却《かえ》って苦しむのである。むしろ、神の御心である運命に沿った生き方をしなければならなかったのだ。私は運命などを信じるのではない。しかし、運命の存在を認めない訳にはゆかないのである。また、運命に左右されない人間になりたい。いや、なっている。——いずれにしても、生きてゆくことはさみしいものなのだ。

一九七一年九月四日（土）くもり、涼しい

この房から、向い側の棟《むね》の屋上が見える。そこに始終、鳩《はと》が飛んで来てはとまっている。私から、彼らが見えるように、彼ら鳩たちもああやって、鉄格子《てつごうし》の中を窺《うかが》っている のではなかろうか。規則正しく並ぶと言ったのは、勿論、一列に並ぶことだが、その間隔が同じということである。つまり、二羽の鳩が五〇センチの間隔でとまっていたとする。すると、次に飛んできた鳩が更に五〇センチ離れて着陸するし、そのまた次のやつも五〇センチ離れてとまる。また、一度にドバーッとまとまって飛んできた時でも、それぞれ同一間隔を持ってとまる。勿論、五〇センチとは決っていない。三〇センチでも一メートルでもやはり同じである。これが不思議と忠実に守られているから奇態だ。

それとも、拘置所のしかも、私の目の前の鳩だけかもしれないが、毎日、窓から眺めるものといったら、たったそれ一つしかない私にとっては、細かい所まで気がついても、実際、仕方のない境遇なのである。せめて、街のある一角でも眺められるなら、私の作る短歌も、今までとまた、多少異なるだろうと思う。

一九七一年九月五日　晴、風強し

今頃にして、と言ったらそれまでだが、一つ発見したことがある。それは、ここから見える夜空の月は、新月だということだ。つまり、ここからは上弦の月しか眺められないということだ。それをよくも知らないくせに、たまに、獄窓に月が映ると、直ぐ天気のせいにしてしまい、空が晴れたから月が望めたのだと思ってしまう。ところが、下弦の月は、いくら空が晴れてもこの部屋からは見えないのである。これは、都会のスモッグにとらわれた、悪い考えの先入観であったのだ。

一九七一年九月八日（水）平年なみ、涼しさあり

自分の実力のよしあしはとにかくとして、制限された生命《いのち》を考える時、小さな結社に入って、仮に昇級するよりも、大きな、しかも日本一、二を誇る結社に入って、短歌作りの腕を磨きたい、このように考えている訳である。自分の余命を最低一年、最高三年と予測しているから、果してその間に、どれほど短歌を学び得られるか判《わか》らないが、とにかく、大きな結社に潜り込んで行きたい。小さな所に、仮に許されて三、四ヵ所へ入会出来ても、あとあとのことを考えるとき、やはり有名な結社へ入った方がそれだけの価値があると思われる。いずれにしても、自分という境遇の人間を、敬遠しないで、す

みやかに入会を認めてくれた場合のことである。

一九七一年九月九日（木）くもり、涼しい

今月号の「からたち」の作品評で私の歌二首が批評の対象になっていた。ところが、私の歌に対する批評は、新聞でも短歌誌でもその他でもかなり似かよっている。つまり、ザックバランに言うと、「現在の心境を素直に表現していて、ことさらでなく心打たれる……」というような具合なのだ。私は、意識的に寂しい歌を作ったり、飛躍的な詠みかたにしたいと思っているのだが、やっぱり出来ない。

私の性格を、どうしても消すことはできないようだ。「心うたれる」とか、「素直でい い」などと言われると、本当はとても嫌なのだ。なにか、同情されているように思えてならない。私自身、社会の人間が我々を軽蔑している通り、もっと、不貞不貞《ふてぶて》しい歌を作りたい。いかにも「おれは死刑囚だ。勝手に死ぬのだ。それでなにが悪い」というような……。しかし、そのような歌は出来ない。なぜ出来ないのか。自分の心でありながら、なにかに曳《ひ》かれながら、結局、素直な歌になってしまう。ああ、不真面目《ふまじめ》になりたい。

4 文鳥

生きのこる文鳥のためあたたかき陽は少しづつ部屋にさしこむ
独房に親子の断絶きくあした文鳥は七つの卵あたたむ

待ち焦がれていた文鳥飼育を、許された。これは拘置所《こうちしょ》の中で死刑囚にだけ許されている特権だ。
死刑囚は刑が執行されるまでは未決囚の身分なのだ。だから、髪を伸ばす、獄衣ではない好きな色の服を着る、本を書く、信仰に時間を費やすなど、いろいろな自由が許されている。言ってみれば死刑囚は、刑の執行が決まり、刑場に向かって歩き出すときにやっと死刑囚になる摩訶《まか》不思議な存在なのだ。

一九七一年一〇月一三日（水）くもり、暗い一日今日から待望の文鳥飼育。まだ全然この部屋には馴《な》れていないようだ。勿論《もちろん》、手に乗るまでは時間がかかるだろう。

一九七一年一〇月一五日（金）くもり

文鳥の愛《いと》しい声を聞くと、いくら肚《はら》が立つ時でもすべて忘れられる。独房にあらたな生命が加わったということは、心がこんなに和むものなのか。

一九七一年一〇月一八日（月）くもり

朝日歌壇投稿二首の短歌発信さしとめられる。

偶《たまさ》かの獄の集会席二つ空《あ》きゐてわれの死期を悟れり
絞首刑の瞬間われは識《し》らざれど稲妻みれば心つまづく

――この二首は小生の作品の中で、もっともどぎついものであり、投稿のつもりで葉書に書いてはいたがどうもしっくりしなく今日まで、ほっぽいておいたのであるが、折角書いた葉書がもったいないと思い投稿しようとしたものであった。最近、幾人かお呼び出しがあり、また、たしかに刺激的な歌ではある。しかし、朝日新聞の死刑反対・廃止の論調を知っているので、あえて投稿を試みたものだ。

一九七一年一〇月二〇日（水）快晴

飼育している文鳥は、どうやら、ヒナ鳥らしい。初め、逝《い》ってしまった人の文鳥かと思ったし、みんなもそう言うからそのつもりでいた。もし、それなら、大人の文鳥である。が、しかし、そうではなさそうだ。小鳥屋から買ってきたばかりのヒナ文鳥らしい。もっとも、手なずけるにはヒナが一番いい。なまじい大人になっていると、生意気でだめだ。ところが、このチビッ子も、どうしてなかなか生意気である。第一、手に乗らないのが気にくわない。

一九七一年一〇月二二日（金）やっと秋の空だ、うれしい小鳥というのも、人間と同じでやっぱり中には、気分屋がいるようだ。私の文鳥なんかそうだ。フム、私と同じで、おだてておれば、「ピーピー、ホーイホイ」とさえずってくれる。また、これは私と異なるが、夕方になると籠《かご》から出たい出たいといって、やたらに暴れ回る。かといって、籠の外へ出して遊ばせても、一向に手に乗る気配もない。気配どころか、とっつかまえて指に乗せても直ぐ逃げてしまう。いくら、ヒナとは言え、これでは「手乗らない文鳥」である。しかし、そのうちになれてくるだろう。来てからまだ、十日《とうか》も経《た》っていないのだ。私もせっかちすぎるかな。

それにしても、独房にいながら、またまた、籠の中に入っている文鳥も哀れだ。これでは二重拘禁《こうきん》だ。籠の中の鳥の私が、やはり籠の中の鳥を飼っているんだから、まったく世話がない。しかし、お互い因果なものだなあ。

一九七一年一〇月二五日（月）晴れた秋、蒼空《あおぞら》

文鳥を飼い始めてから、勉強がろくに手につかなくなった。本を読んでいてもあまり頭に入らない。まして、二、三日前からは、オスメスのつがいの文鳥がいるので、交合

させようとして、なおさら、一日中文鳥にばっかりかまけている。

文鳥愛しいかな、実にかわいい。文鳥にかまけて一日をすごしたとて、無駄な時間ではあるまい。そのうち、見飽きるだろう。見飽きたら、また勉強に熱を入れればいい。

朝から、空が抜けるようなよく澄んだ蒼空であった。これこそ、百万ドルの秋晴れである。その快晴秋風そよぐ下で、いくら入浴日だとは言え、まっ昼間、風呂に入っているということは、なんとなく気がひけるものである。

一九七一年一〇月二八日（木）快晴

『遅れてきた青年』大江健三郎、新潮文庫。《フィクショナルな自伝的》というこの小説を最後まで読むことはできなかった。（文庫本で四八〇頁《ページ》ある）。長いだけではなく、小生を惹《ひ》きこむなにかが欠けていた。小生にあまりにも深く関って来ているからだ。そんな訳でもないだろうが、「あとがき」に著者大江健三郎はこのように記している。勿論、これは「あとがき　《遅れてきた青年》とぼく自身」のすべてではなく、引用的一部分にすぎない。

「――しばらく前のこと、横須賀《よこすか》線に手製の爆弾をしかけて、ひとりの死者をふくむ不特定多数の負傷者を生ぜしめ、死刑の判決を受けた青年が書いたという次の文章は、ぼく自身の内部のきわめて深い所にまで、燃える錘《おもり》をおろしてきた。《思えば、昭和三十五年八月二十八日青森発上野行の汽車に乗った時は、ちょうど夕日が西に傾いた六時半頃でした。世話人のTさん奥方の御母堂と二人で夜汽車に乗った時は本当に不安でした。それは好き好んで出掛けたんではないからです。職を身に付けたら郷里に帰って、地方都市で暮すつもりでした。（現実にはそう成らなかった）。上野に迎えにきた師匠と三人でタクシーで保谷《ほうや》（北多摩）の自宅へ向う時は、右も左もわからないこの東京で何が始まるのか見当もつきませんでした。大工の弟子《でし》に成る訳だったけど、窓外を見ればどこもかしこも家ばかりです。これ以上建てる家があるんだろうかと、大工に成ろうとする少年の私には多少不安もありました。》ぼくはこの青年の不安と、かれがその不安からかれ自身を自由に解放しようとした試みの全体について、あらためて繰りかえし考えることであろうと思う。いったんかれが、まことに困難な自己解放をかちえたとして、かれはその時、より根本的なところで《根なし草》なるかれ自身に、直面しなければならなくなるであろう。しかも今日を生きる日本人として、かれが、《根なし草》という課題にぶつかってしまう時、それはほとんど解きほぐしえるということのない、底深い、複雑をきわめた課題にむかうことなのである。ぼくは自分自身が、犯罪者となることなしに、ほぼこの小説の第一部と第二部をつらぬくような危険なダイナミズムの環境を生きてきたことを自覚する、――」

というわけである。因《ちな》みにこの小説の文庫版の発行は一九七〇年一一月三〇日で、かなり新しい。小生のこの文章は、恐らく横浜刑務所で書いたものだが、いつどのようにして、この作家の目に触れたかわからないことなのだ。世の中狭いものだ。

一九七一年一〇月二九日（金）晴のちくもり

文鳥のトコちゃんも、私も元気。それでいいじゃないか。

ここしばらくの間、短歌をやめていた。もちろん意識的にである。これまでの純多摩《すみたま》短歌に縁を切ろうとしたものだ。しかし、結局同じ作風になっていくことは否定できないだろう。それでもよい。ただ、今日を第一歩として、改めて万葉集から勉強をしなおそうと考えた次第である。なによりも第一に、短歌の基礎を築きたいと思った。これまでの四〇〇首は、小生をして短歌というものに目を向けさせてくれた導火線である。これからが、本格的な短歌なのだ。それを理解するには、純粋に万葉集の勉強が必要なのかも知れない……。

一九七一年一一月九日（火）くもりのち晴

「潮音」一一月号届く。――この結社はとても好意的だ。なによりも拘置所生活者の入社を拒否せずに快く受け入れてくれたことがうれしい。もっとも、この間の六首だけの詠草《えいそう》では（これは一月号に載る）、小生が死刑囚であることは判《わか》らないかもしれない。しかし、雰囲気としてたとえあとで正体がバレても、もうやめてくれと言うような結社ではないように思える。

小生にとって一八〇〇円という半年分の社費は大きい出費でありました、来年五月から再び継続するとなれば、大変である。そのためにも、短歌を一生懸命学ばねばいけないと思う。度《たび》たび、新聞雑誌等に掲載されているが、それぐらいで、のぼせてはいけない。

自分が日本の歌人の一人として名前をとどめるようなことができれば、少し自分の寿命が延びるような気がしてうれしい。歌人になるまで頑張らなければ――。

一九七一年一一月一八日（木）くもり

文鳥について一つ発見した。それは、一本足にて木にとまっている。以前に娑婆《しゃば》の雀《すずめ》などで、よく見かけたものだ。やはり、鳥はみんな一本足になることがあるのか。しかし、独房の中の籠のふちにとまる、手なれた文鳥の、こんな光景を見るとなんだか、飼主がバカにされているみたいだ。もっと真面目にやれ。この文鳥はとてもキカナい。ワンパクだ。餌《えさ》など、パッパッと外へ飛ばしてしまう。手にとると、すごいクチバシで指をかんで来る。なかなか馴《な》れないものである。しかし反面、とても愛しくてならないときがある。こんな短歌を作った。

文鳥にわが恋ふる女性《ひと》の名をつけて呼べば愛しや掌《て》に乗りてくる

これに対して、女性先生はなんと言ってくるだろうか。自分ではいい歌だと思うのだが。しかし、未《いま》だこんな気持じゃ、ほんとに愚かものだなあ。

一九七一年一一月二一日（日）快晴、暖かい晩秋

泉田先生の教誨《きようかい》を受けている死刑囚は、先週から、三人になった。それまでは、一年四ヵ月ばかり、二人だけだった。先生は、東京拘置所に出入りして三五年を数えるというその間、数十人の死刑囚を導いて、天国に送り届けたらしい。私はだから、決して特別な人間でもなく、単に、何人目かの死刑囚にすぎない。それに、先生の三分の一の人生しか歩んでいない。先生からみたら、まだまだ、ガキのガキでしかないし、そもそも、五〇や六〇歳の人間どころかどんなに偉い人間にしても、まだまだ青二才、この世ものはすべて俗物にしか映らないだろう。あれほど立派な聖教師に導かれて、神の御国《みくに》へ上げて頂く私めは、なんと幸福な人間であろう。つくづくそう思うときがある。洗礼さえ速く授けて下されば、小生なんとも言うことないのである。

ところでわが文鳥トコちゃんは、なぜこうも、籠の巣ばかり恋し慕うのであろう。

5　歌人という希望

蟋蟀《こほろぎ》を獄のくらがりに鳴かせつつ母のこころに触れゆかんとす
亡き友の歌論じ合ふ獄庭に看守も寄りきて耳かたむくる
二十八歳のわが刑戮《けいりく》を風に載せひとりの歌を口ずさむ午《ひる》　（刑戮は死刑の意）

短歌を詠草《えいそう》することに私は熱中している。はっきり言って私はすぐれた歌人になりたい。詠草歌を後世に残したい。イエス・キリストよ、私の望みは身に過ぎたりと知るからにお許しください。わが祈りを叶《かな》えたまえ。

一九七一年一二月五日（日）晴

物悲しく囹圄《れいご》に臥《ふ》すれば親しみをもちて聞こゆる女子アナの声　（囹圄はろうやの意）
屋根の上のつがひの鳩《はと》にも見られゐん獄にうごめくわれの姿は

鉄窓に凭《もた》れて夜空を見放《はな》くれば小さき星がわれにまたたく
獄庭の塵《ごみ》焼却場に佇《た》つ囚らまなこ凝らして炎みつむる

（「潮音」一九七一年一二月号）

「潮音」への私の歌の掲載は一月号だとばかり思っていたら、なんと、一二月号に四首載っているではないか。あれだけ大勢の社友がいる中で、これ程速い登場とはおどろくばかりである。一一月一日に送稿したものが、一ヵ月後には、活字となって歌誌で返ってきた。一ヵ月分ずれたので、今月もう一度投稿する。

一九七二年一月三日（月）快晴、美しい冬の空

時はまさしく私のいのちを刻みゆくが如《ごと》く、確実に動いているようだ。いまの私は、歌を除いた生活は考えられないくらい、歌作というものに執着してしまった。この一年、無事なるいのちを賜らば、三六五日の第三六五日目までも、ひたすらに歌を詠みつづけ

てゆくであろう。いわば、初心者的な私には、詠法も作風も自分のものとして確立する技はないが、ただ一つ、こころを詠んでゆきたい。かように思う次第。もっとも、私が昨暮入会した「潮音」短歌結社は、新古今集《しんこきんしゅう》に源を発し、芭蕉俳諧《ばしょうはいかい》を樹立し、日本的象徴を基盤としている。アララギ派の写生、写実主義とは対極的である。

私に言わせるならば、この象徴主義も一歩踏みあやまると、とんでもない歌になるのである。実の所、現実の獄中生活を写実、写生して顕《あら》わす、死刑囚には畑違いかもしれないが、私はあえて、潮音象徴主義短歌を目ざした。それは、惹《ひ》かれるところ大であったからに他ならない。しかして、これまで一〇〇首近く詠んだ歌を、読み直していても、以前の純多摩《すみたま》短歌と、たいして変わる所がないように、思えるのである。それはなぜか——。簡単である。それまでの詠法(私対物心)に執着しているからだ。

一九七二年一月七日(金)晴、平年の寒さ

潮音社から買い込んだ、主幹の太田青丘《せいきゅう》の著書二冊をやっと読み了《お》えた。正直いって潮音社主の名著二冊をようやく読み了えホッとした——といった感じだ。併せて八〇〇頁《ページ》もあった。
　それにしても、象徴短歌というものは、なかなか――である。歌風に嫌味がなく、正直でつつましく詠んでいる自分の歌――いわゆる写実派――を、改革するには、相当の作業を要する。心を変革できるだろうか。

一九七二年一月一一日（火）雨
　作歌について今日は、非常に冴《さ》えている。気持ちわるい程、よく冴えている。普段なら、詠み置きし歌の推敲《すいこう》にかなり時間をかけるのだが、今日ははかどっている。つまり、結局は、昨日、一昨日の詠み置き歌が冴えていた訳だ。しかしそれにしても、何ら苦労なく、一八首をホイホイと配列できたのは今日がはじめてだろうな。まあ、一五、六首くらいずつ、推敲してゆくのが一番理想なのだが――。とにかく今日は推敲するにしても、閃《ひらめ》きが抜群だった。そろそろ、いよいよ作歌活動も本格的になってきたか。おもえば新年第一三日目にして、一〇〇首を超えてしまった。少し作りすぎかな。

一九七二年一月一五日（土）雨

短歌を作らない人間にいわせると、短歌とは、ある現象や事物を視《み》て、すぐ直感的あるいは反射的に詠めるものと思っているらしい。また、こうでなければ短歌ではないように考えているらしい。これが、素人の浅薄さであろう。歌を詠む者は、一つの事物に対して、一つの感動を経験しなければ、決して一個の作品として成立はしないのである。感動の裏を起こしてこそ、生きた歌ができるのである。感動といったって、別に大げさなことではない。外は雨が降っていて、今日は少し肌寒いな——と思ったら、それは一つの感動として成り立つ。虫が這《は》うのを視て（あ、虫がいる。こいつどこへ逃げるんだろう）と、心に感じるものがあったら、それで立派ではないか。何も、作為的な映画のラストシーンを観て、心を動かされるだけが感動ではない。また、他人から豪勢なもてなしを受けて感激するのとは訳がちがう。余り、大げさに考えるな！

それにしても、私の飼っている文鳥は、よくまあ一日中、ちょこまかちょこまか動き回るものだ。感動する前にまずあきれる。小鳥に限らず飼育動物は、どうしても飼い主に似て来る——といわれる。やっぱりそうかと思える。娑婆《しゃば》にいる頃の私はやはりそうだった。ほそぼそと働いていたものな。

そう言えば、他の死刑囚たちの文鳥もそうだ。動作が鈍くいちいち頭をコツンとやらねば動かない文鳥がいれば、頻《しき》りに鉄格子《てつごうし》の外ばかり伺《うかが》っている文鳥もいる。また、何がおきようとどうでもよく、眼を瞑《つむ》ってジッとしている鳥もいる。一生懸命生きているのも中にはいる——のである。

一九七二年一月一七日（月）快晴、風あり

獄の壁に話しかくれば夜の更《ふ》けを何か心にひびくものあり

昨日の読売歌壇に掲載された私の歌は、その前掲の歌と共に、どう考えても文明先生好みの歌である。土屋文明大先生から選ばれたことは光栄であるが、今後、潮音短歌を目ざす私に、ああいう歌が作れるだろうか。いや、作れても今度は潮音から相手にされなくなる。ここが苦しいところなのである。なんといっても、アララギと潮音は、その歌風が対極的だからなあ。

一九七二年二月一日（火）くもり、時々小雨

「独房」

文鳥の飼育許され独房に互《かた》みにいのち悲しみ合ふ

一条《いちじやう》の閃光獄窓《せんくわうまど》を掠《かす》むとき使徒九章のパウロ思へり

（ダマスカスをパウロが旅していた時、パウロはイエスの声を聞き、不意に目が見えなくなる。三日経《た》って目が見えるようになった時、彼はイエスに帰依《きえ》していたという故事を詠んだもの）

囚《とら》はれて音信不通のながければはらからも今を苦しみてゐん

病囚の見舞ひとおぼしき女ゐて冥《くら》き廊下におしろい匂ふ

古里の山を瞼《まぶた》に描きつつ獄に読みをり「奥の細道」

（「潮音」一九七二年二月号　推薦歌）

「潮音」二月号に私の歌が五首、推薦歌に選ばれていた。この欄に掲載されることは非常に、作歌者として喜びに耐えない。誰でもそうであろう。全国で五本の指に入る大結社であるゆえ、名誉である。私はまだ、出詠二回目だ。獄中者という境遇を考慮して採ってもらうのではなく、あくまで実力として採って頂きたい。――これをエゴと思われても仕方ないが、やはり私も作者として大きな欲望がある。それは、「潮音」巻頭集に選ばれることだ。そして、それを経て「新春二十首特別詠」に入賞第一位を飾ることである。ここまで上達すればたしかに立派であるが、それまで「生命《いのち》」が持つだろうか。

誰にも言わないが、私はこんな大きな希望を抱いている。だから、さっきの野球会のように、つまらないことで、反則房に入り実に貴重な時間を無駄に浪費している暇はないのである。かりに一分間としても、そこに私の死刑囚としての血が脈を打って流れている。それを、好きな作歌にそそがない法はない。

一九七二年二月八日（火）快晴

母より便り届く。これは小包みの中に入っていたもの。相変らず親らしい嘆きの手紙であるが、いつものように静かに聞いてあげよう。故郷の家の生活は真《まこと》に電化生活であるようだ。マッチも使わず五分間で風呂が沸くという。母自身も、まるで温泉なみだという。二人の孫もすくすくと成長し、兄も健康で毎日バス会社へ勤め、嫂《あによめ》さんは家事から野良までいっさいやってくれているし、母としたら、末子の私さえ、かような境遇の人間でなければ、それこそ幸福あまって毎日、バンバンザイなのだろうが、しかし、世の中そううまくはゆかないのである。神様は、私を死刑囚に試《ため》したことによって、故郷の家を世間並の均衡を保てるようにしておられるのである。

母にはそれが判《わか》らないだろうと思う。自分の身内だけの完全なる幸福を願っている。いや、むしろ、全《すべ》ての人たちがそうであろう。それが人の世なのだ。しかし神様は、「完全」なるものは決して与えていない。「完全なる人間」がいれば、それはいつかきっと、神の試練を受けるであろう。——母たちは、私がここにいることを大変だと思うだろう。あるいはかわいそうだというだろう。しかしそれは、第三者の勝手な判断にすぎない。なぜなら、本人の私は決して今の自分を不幸な人間だと思わないからだ。

屋根と床敷のある部屋にいて、三度三度の食事を与えられ、これでどうして、神様に対して、「私は不幸な人間でございます」と言えようか。これは、物は考えようだ——などと言う、単純な思惟《しい》からでているものではないのである。神の愛から来ている。

母へ手紙を書く。珍しく久しぶりで七枚も書いた。今回は以前のような裁判についてくどくどと述べたものではない。神様のことを淡々と述べた。始めに、母上様。そして、差入れの届いた返事。教誨《きょうかい》のこと。神を説く——という大げさなものではないが、神の意志について書いた。

一九七二年四月五日（水）くもり

太田青丘先生へ手紙書く。お手紙としては初めてペンをとった。庭の桜のこと。鎌倉の山々のこと。太田五郎先生の歌にでている「高き塔」について。「横井さんの歌」について。「新古今和歌」に惹《ひ》かれ、特に式子《しょくし》の歌がなんとも言えず好きだ。

6　洗礼

拘置所《こうちしよ》に飼はるる鶏《とり》か声のして夜明けの牀《とこ》にペテロを想《おも》ふ

真新しき聖書をこよひ披《ひら》くとも影法師さへたたぬ灯の色

キリスト者は必ず洗礼を受けるべし、とイエスは言った。実際イエスは真っ先にヨルダン川で洗礼を受けている。洗礼を受けていない私は、まだ真のキリスト者とはいえないのだ。早く洗礼を受けたい。洗礼を受ける前に命が尽きては天国に行けないし、天国に行けなければ私の短歌は永遠には残らないではないか。

一九七二年四月六日（木）薄ぐもり

——じっと空を見てみた。穴が空くほど天を仰いだ。そして、「信仰」という言葉を考えてみた。別に、私は信仰に行き詰ったわけではない。この「信仰」という全く初歩的な意味を辿《たど》ってみた。即《すなわ》ち「信仰」とは、望んでいる事柄を保証し、目に見えないものを確信させるものである、との確認を得た。やはり、ヘブル人への手紙にも、かように記されている。私の「信仰」がキリスト教でなければならないところの、第一意義が更に深く理解できた。人間、原点に立ち戻ってみることが大いに必要だ。

私は、来客のT姉上の手紙を拝見するときによく思うのだが、彼女は聖句というものを、ほとんど記していない。勿論《もちろん》、あとさきにおける、神への讃《ほ》め言葉はある。私は、聖句をダラダラと手紙に記さない、この人に更にやさしさと思い遣りを感じないではいられない。ゆえに、信仰の深さを識《し》ることができる。言わずして通じることこそ、「キリストの愛」の成就《じょうじゅ》ではないだろうかと思う。ああ、敬虔《けいけん》なるわが義姉よ!

一九七二年四月九日(日)くもり

しかし、神に救われ、よろこびを見出《みいだ》して死んでゆくとは言いながら、平安であればあるほど余計、虚《むな》しく寂しいのは、一体どうしたということなのだろう。たしかに「イエス様万歳!」と、歓呼の声をあげて死んでゆけるかもしれない。だけどそれがどうだと言うのだろう。つまり、自分は苦しまなくて幸いだと言うのだろうか。これは考えようによっては、キリスト者のエゴではないのか。犯罪者の裏には被害者という存在が常に占めている訳だ。被害者あっての死刑囚ではないか。いかに、死刑で償《つぐな》うといっても、被害者と手を切ることは不可能なのだ。それなのに、死刑囚が神に救われて死んでは、被害者が浮かばれないのではないか。

ではどうすればよいのか。判《わか》らない。判らないけれど、死ぬことに〝幸福〟を感じてはいけないのではないか。我々に於《お》ける宗教、教誨《きょうかい》とは、いわゆる、苦しまないための訓練ではないのか。勿論、懺悔《ざんげ》の念も含まれているだろうが。

――人間とはおかしなものだ。死者になる者が、何年か前に死者になった者へ、気を遣わなければならないとは――。

一九七二年四月一八日（火）薄ぐもり

――泉田先生の教誨。やっと洗礼が決った。いままで独りで、ブツブツ言っていたことが恥ずかしい。同時にうれしい。日取りは先生の方から指定して下さるという。

洗礼の日を告げられしこの夜は期待と不安にまなこ冴《さ》えゆく

一九七二年四月二四日（月）薄ぐもりのち晴

私の精神鑑定医である福島章先生より、大岡昇平《しょうへい》の『レイテ戦記』差入れていただく。前に私がしたリクエストに応えてくれたのだ。値段が高いので、入手は無理だと思っていた。また、福島先生に買っていただこうと思っていたのではなく、先生の知人友人の方でもし、この本をお持ちの人がいたら、私のために一、二ヵ月間借りて欲しいと無理な依頼をしていたのであった。しかし、今となればこんなこと、すでに言い訳かもしれない。ともあれ、非常にうれしい。感謝している。とても四、五日では読み切れる本ではない。これからしばらく、現在の私のあらゆる勉強を一時停止して、『レイテ戦記』に傾けよう。レイテ島で死んだ父を思うべし。

一九七二年四月二五日（火）晴

此頃《このごろ》、祈りがことごとく叶《かな》えられる。洗礼のことといい、『レイテ戦記』といい面白いぐらいだ。まるで地球が私を中心に回っているみたいだ。お小遣いのことや細かいことなら不気味なほどいいことが一杯ある。そして今日、「短歌研究・五月号読者欄の準特選通知」が、同短歌社から届いたのだ。大きな活字で一度でいいから、自分の歌が掲載されて欲しいと夢をみていた。わずか二ヵ月目で実現した。それで、「短歌年鑑」等の資料にするので別紙に記載して返送して欲しいということで一枚のカードが同封されていた。その中に「歌歴・師事した人の名……」がある。とにかく、今度、準特選になったのも、祈りの成果である。

父あらばあるひは犯さぬ罪なりと死を待つ部屋に思ふことあり
わが希《ねが》ひ歌に託して詠みゆかん処刑さるる日近づきてゐむ
戦死せし父は写真にのみ知りしわれなり面差しうすらぎてゆく
獄の夜半《よは》机に対《むか》へる吾《わ》が背にて裾《すそ》をひきつつ文鳥は啼《な》く
移り来しへや掃きをればわが前に棲《す》みゐし死囚の臭ひただよふ

（「短歌研究」一九七二年五月号）

一九七二年五月一八日（木）晴

純多摩良樹《すみたまよしき》！　散々悩め。そして苦しめ！　大いなる迫害を受けてこそ、信仰は強くなる。平々凡々と過ごしていてはだめだ。ほんとうの平安とは、苦しみのどん底から這《は》いあがってこそ、初めて得られるものだ！　叫べ！　そして喚《わめ》け！　お前は、お前の道と信じたものを全《まっと》うすればいいではないか。己れを貫け。われわれは、あらゆる方法を用いて、道程を歩んでゆくけど結局ゆきつくところは、全知全能なる神の右座である。

一九七二年八月八日（火）晴、暑い

泉田先生は今日も見えなかった。かなりお悪いのだろうか。二度三度見舞を書くのも変だし控えることにしよう。願わくば再びお元気なお姿を見せて下さり、そして洗礼を授けて頂けることを、私は最後の一瞬まで希《こいねが》う。泉田先生は五人の収容者の教誨師を務めておられる。みんなも心配している。

ところが片やカトリックの神父さんを待つ収容者は一人しかいない。わざわざ拘置所まで訪問されるのだから、どう考えてももったいない話だ。プロテスタントの五人組の方は、親分がご病気で二ヵ月間も教誨を受けられないというのに、たった一人組の方には、親分がお元気だから普通通り見えられる。別にヒガむつもりではないが、私の場合、二ヵ月も牧師の話を聞かない時がなかったもので、キリスト教を深く求めるがために、ついいらいらすることもあるのだ。二ヵ月と言ったら、教誨の八回分だからこの教育の停滞は大きいですよ。

たしかに、自分一人で聖書は読んでいるが、教誨時間に受ける影響は大きいからなあ。いよいよになったら、カトリックの神父さんの話を聞けるようにお願いするほかはあるまい。

一九七二年八月二一日（月）くもり、一時雨

「死刑執行願」なるものは一向に守られていない。むしろ却《かえ》って長く生かされているようだ。だから私はこんなくだらない「願書」など出さないことにした。「執行願」は一

種の国家反抗として見られているのかもしれない。いまふっと思ったのである。執行せずに却って長く生かして苦しめる――そうに違いない。でなければ、願い出た死刑囚の心境を汲《く》んで迅速な執行を敢行すべきだ。そうすれば私も早速《さっそく》、執行願を送付する。ところがこれまでを振り返ってみると、執行願を出さない人間よりもむしろ、逆に長生きしているようだ。この矛盾はいったいどうしたのだ。なにも死に急ぐことはないだろうと、私は彼らを見て思うのだ。しかし、同じ死刑囚の気持としては判りすぎる程判るのだ。まして、いつまでも（執行願を提出していながら）処刑してくれないのでは尚更《なおさら》に苦しいだろう。国にいくらかの温情があるならば、これら執行志願者を早急にやるべきではないか。そうすれば私も提出するから。

ところで世の人びとは、死刑囚は刑の執行を恐れるものだと思っている。そう、殺されるのは怖い。だから土曜日になると、刑の執行のないアスとアサッテに安心する。でも月曜日になると火曜日には執行があるかもしれぬと心配になる。月曜日から木曜日は翌日に殺される可能性があるから、恐怖のあげく疲れ果ててしまう。その疲れは相当なものだ。息苦しくて我慢がならない。そのいやな気持を減らすために、執行願を出すのだ。わかるかな。死刑囚の矛盾した心理？　苦しみ？　死の喜びへの選択？

一九七二年八月二四日（木）晴のちくもり雨

カトリックの塚本先生教誨。お願いして、神父さんにお目にかかってみた。部屋を出る時「泉田先生をことわって教誨師を変更するのか？」と、訊《き》かれたけれど、もっともな質問だったと思う。

気取っている場合ではないが、それとこれとは違う問題だ。いわゆる私に言わせれば、人生とは学問の連続だ。少しでもその機会があったら、自分から飛び込んでいって学ぶべきだ。まして我々の場合新教旧教などと殊勝なことは言っておれん。といっても、再び牧師さんが来訪し始めたら、神父さんとはお目にかかることはあるまい。つまり二股《ふたまた》はかけないということだ。ただ、この空白期間を無駄にする必要はないのだ。生きているうちに大いに学ぶべきだ。

——さて、カトリックの教誨を済ましてこの間に増して強く感じたことは、やっぱり旧教と新教（というより、塚本神父と泉田牧師）の教授の相違である。どちらも立派であるがしかし、「死刑囚」という境涯を考慮した時、やはり泉田牧師の方が真に迫ってている。何よりも我々は死に直面しているからだ。死の恐怖よりも天国を学ぶことが先手だ。おお、神よ。

夜半になって、月が出てきた。

一九七二年九月三日（日）くもりのち晴

「潮音」新春二十首詠のテーマは〝死刑〟に決めた。獄中生活のテーマでもいいのだが、やはり〝象徴性〟と境涯を考慮した場合、この他にないと考える。しかし「死刑」の問題を象徴歌に托《たく》すには、いかに力量不足であるか言わずと知れたことである。しかしこれ以外に方法はない。よい機会かも知れぬ。

詠草《えいそう》二十首はなんとか揃《そろ》いそうである。あとは連作としての配置を慎重にやるべきである。それにしても完成稿までの壁が厚すぎる。

一九七二年一〇月四日（水）くもりのち晴

虹《にじ》の橋（青丘《せいきゅう》選）

友逝《ゆ》きてふいに寂しき獄の庭ひと攫《つか》みの砂糖蟻《あり》道に撒《ま》く
虹の橋架して囹圄《れいご》の空蒼《あお》し囚徒らの声すでに澄みたり
威嚇《いかく》する何もなき獄庭に佇《たたず》みて般若《はんにや》の刺青《しせい》君は晒《さら》せり
再びは握る日なけむ独房に鉋《かんな》だこの痕《あと》がうすらぐ
郷里の空見極めがたし獄の夜リルケ詩集をはじめて読みき

（「潮音」推薦歌　一九七二年十月号）

「潮音」十月号届く。一八〇頁《ページ》の大冊である。今月の歌はあまり自信がなかったのだが、意に反して推薦欄に掲載されていた。しかも、いきなり該当作のトップに載っていた。

――おお主よ、私め、だんだんと、「潮音」社の象徴主義の正体が解《わか》りかけて来ました。

――「潮音」社友三七〇名を一堂にカメラに収めた写真が載っていた。当然ながらこんなに大勢の社友がおっても誰が誰であるのか一向に判別がつかぬ。それでもわずかに四名の先生方だけは状況から判断して判別できる。それは四賀光子・太田青丘・星野慎一・小田観螢《かんけい》の各先生たちだ。小田先生は、『短歌研究』五月号だか六月号で作品と一緒に写真を拝見していたので。第一、チョビヒゲがトレードマークであれば、忘れるはずはない。——ここだけの話だが、写真にて知る限りでは、割り合いときれいな女の人たちが多い。それに、若い人たちも結構いるではないか。やはり作品だけでは、年齢まで解らないものだ。

一九七二年一〇月一四日（土）快晴

泉田先生から葉書による来信あり。お元気のご様子。しかし足がかなり悪く車椅子を使用されている由。その車椅子に乗って、この間○○さんが執行された時、ここへ来られたらしい。全然知らなかった。しかし逝《い》ったあの人が泉田先生の生徒だとは初耳だった。てっきり日蓮宗《にちれんしゅう》だとばかり思っていた。

日蓮宗といえば、その教誨師の山田先生がつい四、五日前死去されたという知らせを受けた。仲間もみんな聴いたはずだ。この先生もかなりご高齢だったそうだ。それにしても——と私は思うのである。生者必滅会者定離《しょうじゃひつめつえしゃじょうり》（生きている人はかならず死に、会った者はかならず離れ別れる。仏教の教え）を胸痛きまで認識しない訳にはいかないのである。そう、生きている者はいつか必ず死ぬのだ。その死ぬまでせいぜいこの世の快楽をむさぼっていいのは娑婆《しゃば》人である。我々はそうはゆかん。やれないのではなくて、やってはならぬのだ。罪びとだからではない。仮りにここに酒と煙草《たばこ》が置いてあったらどうするか。私は飲まぬ——などときれいな事は吐くまい。私も人間だ。俗人だ。手の出ぬはずはない。しかし、そのために神の国へ行けないと判《わか》ったら私は悶絶《もんぜつ》する。それ以外に遁《のが》れる道はない。だから実際は手をつけぬ。

今日で三日間、きれいな秋晴が続いた。三日で結構だ。これでこそ思い出になるのだ。これが一週間も続いてみろ。だんだん空がボヤけて慢性になり「やっぱり東京の蒼空《あおぞら》はこんな程度か」になってしまう。腹八分目とはよくいう。何事も峠の一歩手前が一番宇宙の万有を美しくする。

一九七二年一〇月一八日（水）晴

二十首詠の最後の一首、とうとうできたぞ。

でも入選しなければ二〇首全部は載せてもらえない。二百数十名の中からたった七、八編の入選になる。かなり狭い門だ。きっと駄目だろう。自信があるなんて言ったら、これ程生意気なことはないだろう。それに考えてみると、この二〇首のテーマそのものがあまりにも堅すぎるみたいだ。窮極的すぎる感じだ。寂しすぎるかな。諦観すぎる。もっと明るさが必要かも知れぬ。いくら象徴主義とはいっても――。でもこのまま応募しよう。

――歌人の葛原妙子《くずはらたえこ》女史は、「短歌は生むものではなく作るものですよ」と、仰言《おっしゃ》ったという。この言葉に私は今日ぐらい、首を深くして肯《うなず》いたことはない。その通りである。たしかに作るものだ。創作なのだ。少なくとも象徴派（反写生も）は、鏤骨《るこつ》の苦吟《くぎん》と推敲《すいこう》の結果でなければならん――と思うのである。

一九七三年一月三日（水）快晴

この三日間、何事もなく過ぎた――といいたいところだが、拘置所にとってはどうやらそうも言えないことになったらしい。昨日のノートに〝元日、娑婆で何かが起きた〟と書いたが、それがなんとこの中での出来事であったのだ。そして、自分の想像とまるで逆のことが起きていたのである。

私の勘もいよいよ鈍くなってきたらしい。しかし、彼の性格からして十分に考えられることでもある。それが一番いい道であったかも知れぬ。私も気が小さい方では、人に遅れを取らないつもりだが、彼は私より気が小さいところがあった。そして私は一人の亡霊で済まされるが、彼には一二人の亡霊があの手この手を使って顕《あら》われたことであろう。

そのままで行けばおそらく「死刑」になっているはずだ。ところが、自殺したことによって戸籍に「死刑」という烙印《らくいん》を残さずに済んだ。単なる「獄死」で済まされる。肉親のためである。三〇年間、戸籍より「死刑」の字句が抹消されない定めであってみれば、ある意味では親孝行だったかもしれない。それを自分自身に当てはめて考えてみるのだが、今更――そう、いまさらになったからこそ私にはできないのである。思えば〝先を越されたか〟と、口惜《くや》しまない訳でもないが、あのように堂々とやられては、とてもとても私の出る幕ではなくなった。自分に腹がたって歌もできやしない。

今日という日は、またなんと綺麗《きれい》に晴れあがったことだろう。無理もない。公害の元《げん》兇《きょう》が三日間停止したのだ。しかしこれは、三日間だけでいい。意義を識るためだけのことだ。

一九七三年一月六日（土）快晴

「潮音」が届いて、新春二十首詠発表をめくるとき、こともあろうに指が少し震えた。考えてみれば私も自惚《うぬぼ》れだった。二二八篇《へん》もの応募作があって、入選はわずか九篇に限られているのだ。それを、入社してまだ一年目の者がおいそれと入選する訳はないのだ。これが、大学の国文学でも卒業して、歌作のなんとやらを一通り身につけた者ならいざ知らず、中卒の元大工が相当の短歌知識を持っている訳がないのだ。外れて当り前なのである。といって悲しんでばかりいたのでは、折角準入選に採用して下さった先生方に申し訳ない。本当は私如《ごと》きが、準入選に一二首採用されただけでも、喜ばなくてはいけないところだ。

ただ、自分で随意に選んだ三名の選者のうちの、葛原妙子先生が私の作品を入選に推薦して下さったことは、驚きでもあり、歓《よろこ》びでもあった。私はむしろ、他の二名の選者(青丘先生と「辛夷《こぶし》」代表の野原先生)が推してくれたにしても、葛原先生には外されそうな予感がしていた。それが逆とは——。もっとも、私が「潮音」に入社したのは許々《もともと》、葛原先生のの輝く象徴短歌の魔力に魅せられてのことだった。

一九七三年一月二八日(日)快晴、午後風

この間の泉田先生のお葉書によると、自分の車椅子を曳《ひ》かせる人が決ったので、間もなく訪問できるような話だった。その人を所長さんの所へ面会に連れてきた由。間もなく許可が下りるらしい。なんだかんだ言いながら先生自身は、ここへよく見えているのではないか。

また、車曳きについてもそんなに面倒なものなのか。

拘置所に四〇年近く出入りしていた、そしてそれが教誨師であっても、そんなにやかましいものなのか。それはそうだろうな。殊《ことに》、罪人を扱う所だろうから。

しかし、そんなことは教誨を受ける私たちに何ら関係はない。それを理由にされたのではたまらない。つまり、その分だけ余裕をもってやらなければいかんのではないか。待ってくれ、待ってくれと言われても私たちは社会の人間とは違う。生命《いのち》の限界があるのだ。執行されてから事が運ばれても、それはもう遅いのである。

一九七三年二月二〇日（火）くもり

私の洗礼のことを教誨師さんは勿論、拘置所のお偉方まで覚えていて下さり、いよいよ来週は待望のバプテスマを授けてもらえる運びとなった。まだ一週間あるけれどどしかし、この日が来るのをどんなに待ちこがれたことであろうか。「洗礼の日を告げられしこの夜は期待と不安にまなこ冴えゆく」という歌を詠んでからどれほどの歳月を費やしたことだろう。その間に交際を断った人もいれば、新たに交わりを持った人もいる。我ながら不貞腐《ふてくさ》れた事も一度や二度ではなかったと思うが、それらはすべて今では、信仰の益になったのである。神は一つとして我々に無駄な行いはさせないと私は思う。きたる日からは更に自覚して生きてゆかねばなるまい。

私の信仰態度について、〝熱心だな〟という声を聞いた。やはり見ている人は見ているのである。偽った行いなどできるものではない。しかし私にしてみれば、まだまだ信仰の足らない罪深い人間の代表だと思っている。洗礼は、信仰生活の恩恵ではなく、私とキリストの約束ごとなのである。

一九七三年二月二七日（火）くもり、平年なみの寒さ

泉田精一牧師より本日、われ洗礼を授《さず》かる。

立会人吉田牧師、教育課長。儀式約二〇分。

讃美歌《さんびか》二九九番。ヨハネ伝、ローマ書朗読。

「それ信仰は望むところを確信し、見ぬ物を真実とするなり」（信仰とは望んでいることがらを確信し、まだ見ていない事実を確認することである）（ヘブル書第一一章第一節）

今日の日を迎えたからといって、何も人間の性質が変わろうとするものではない。要は心である。洗礼を一つのステップとして信仰を加えてゆくのである。この日のための祈りは実に長かった。ちょうど三年前に私は泉田先生に授洗をお願いしたのだ。先生はわざとのように授洗の時をのばしたかに見えたが、実に私の信仰の時の熟するのを待って、聖書を読み、信仰について話し、私とともに過ごしてくださったのだ。そして、イエス・キリストは、主は私のために ちゃんとこの日を準備しておいて下さったのである。ただただ感謝する外はない。ハレルヤ! この私の喜びを第一番に誰に告げよう。

ところがどういう訳か、いつの間にか主に在る交わりの文通がなくなってしまったのである。自然消滅というのか。以前は、われながら感心するほどあちらこちらの信友へ手紙を書いていたものである。そして来信が愉《たの》しみだったものである。今では愉しみにしようとも、来信がないのだからどうしようもない。それとも私が書かないからなのか。いやいや、先方が勝手に止《や》めたのである。私の語調がそれほど強いものでなければだ。はっきり言えば見棄《みす》てられたというべきだろうか。

仕方がないと思う。しかし、主だけはどんなことがあっても私を見棄てることはしない。信じている。

それだから私は、自分のすべてをゆだねるのである。

また、それで十分過ぎるほど幸せなのである。

神われに在り、われ神と共に歩む。

――私は本日を以《も》って、これまでの人生について全く思い残すことはない。かりに明日一番に死刑の迎えがあっても私は、感謝をもって従えると思う。私の洗礼は、処刑を感謝をもって受けることができるためのものであったのだ。いつでしたか仲間の誰かが言ったような、少しでも生き延びたいがためにキリスト教の洗礼を受けて、それで温情を賜わろうと考えたものでは決してない。この自分にはあり得ないことだ。しかし人様が何を仰ろうと、それはどうでもいいことであって、全能の神様だけが覚えていて下されればそれでいいことなのである。ここにいると、娑婆とはまた異なった試練がいつの日にも待ち受けているものであるが、それも重荷が加われば加わるほど、キリスト者として幸いなことなのではないだろうか。

一九七三年二月二八日（水）薄ぐもり

神の儀式行なふ教誨堂《へや》に並べたる金の器に近よりがたし
みづ添へてわが頭に手をおく授洗式祭司のこゑは亡父《ちち》よりやさし
ひざまづき祭司のかたへ目つむればまなぶたよぎるゴルゴダのきみ
罪の告白する言の葉のまづしくて獄の祭壇あまりにまぶし

（「潮音」一九七三年六月号より）

洗礼の歌を七首まとめてこれを、「潮音」に投稿してみたいと思う。島秋人《あきと》のように「かなしい」「いとしむ」「ぬくとし」の繰り返しならまた話は別だが、しかし私にはとても真似《まね》できない。島秋人は死刑囚歌人の中でも優れた人なのだ。

死刑囚といえど「社会時事」に歌心は当然刺激されていいはずである。ただ私は「潮音」の感化が大きいと思う。過半数がそうであると思うが、所属結社に影響されて然《しか》るべきだ。でなければ何も歌誌社に属することはない。誰でも、己れの信ずる主義主張を持つべきである。自分がその信ずる歌法にすべてを打ち込めれば、それで作歌の意義がある訳だ。とにかく私は無流派などは大嫌いだ。一つの信念が定まらぬから。

7 神よ憐れみたまえ

うつし世に叶《かな》はざるゆめ多くして来世にわれは希《のぞ》み抱けり
わがいのち断たるる一瞬おもふとき緑葉風に捥《も》がれ飛びゆく
未知秘むる刑場へつづく鉄の扉《と》の鍵《かぎ》さびてゐて真昼しづけし
刑死までの苦しみさけぶ声おほしいかに死すともひとたびのこと

一九七三年三月五日（月）晴、一時くもり

新聞の「読書」欄に、福島先生が筆をとっていた。『日本の精神鑑定』と題した本を編集されたらしい。福島章先生のほか、中田修《おさむ》先生と小木貞孝《こぎさだたか》先生が著者三人で、この三人目の著者は筆名が加賀乙彦《おとひこ》先生という作家なのだそうだ。ここ三十数年間における大犯罪から、一六件を選んで一冊の本にまとめたのだという。

それにしても、犯罪研究者とか犯罪心理学者といった人たちは、我々に対してたしかに理解がある。これは同情という意味ではない。つまり、一般の人たちは我々をいち早く「非人間的」とし、「狂」とか「魔」にしてしまう。彼らにとって我々は「恐ろしい人間」なのである。それは我々の表面しか知らないからだ。ごもっともである。

ところが、犯罪研究者・心理学者とくに、福島先生のような精神鑑定医は、我々のあらゆる部分まで識《し》り尽している。犯罪に到《いた》る道程はすべて明らかだ。この人間がこの犯罪を犯さなければならぬ必要性は、ここのところにあった——とまで言い切れるだろう。この点については裁判官よりも遥《はる》かに、犯罪者を識ることができるだろう。ただ、法律に照らすとなると裁判官の権能に任される。犯罪者はその当時の時代を背景にしていると言える。我々を見る目の二つのタイプを述べてみた。

一九七三年三月一八日(日)晴

短歌を一〇首ほどものにした。それだけが、今日の取り得である。私は歌を作るとき大抵三段階に分けている。頭に閃《ひらめ》いたものを三一音に変えてメモする。それは少なくとも三日位放っておく。それからおもむろに手を加えて推敲《すいこう》する。気難しい人間がこれで満足するはずはない。更に放っぽっとく。期間五日〜一〇日。最後の仕上げをして白い紙に書き写す。しかしこれでいいというものではなく、まだいじるかもしれないし、いじりすぎて結局、第一次に戻ることもある。

私はだいたい、即詠などは認めないし信じない。歌はあくまで作るものであって、生むものではないと考える。譬《たと》えば、何々公害の発生地へ吟行《ぎんこう》にでかけ、そこで生まれた作品をそのまま活字にしても果して、どれだけの読者の心を打つだろうか。作者はその現場をとらえた時点において、歌よみとして冷静でいられる訳はない。人間として感情が昂《たかぶ》るのは当然である。頭を熱くして対象の処理ができるはずはない。しかし、メモとして記録できるだろう。歌作者は常に醒《さ》めていなければいけない。

一九七三年六月一六日（土）薄ぐもり

聞くところによると、作歌する同囚たちも結社へ投稿する数だけ作るのに、短歌には手一杯だと言う。とにかく、休詠せず毎月なんとか続けている——といった感じのようだ。

それだけでも偉いものだと私は思う。なにしろ、短歌になる材料は、身辺からほとんど使い尽くした。あまりにも同じ日の暮れ方なのだ。平穏すぎはしまいか。平穏に越したことはないのだが、ただ、短歌作者としては少し変わり映えが欲しい。刺激を得られれば勿論《もちろん》それに越したことはない。写実主義者はいざ知らず、他の主義を研究している者にとっては、事物に対して感動をよび起こすある動作がなければならぬ。その直観による感動を受けて、一つの短歌を創《つく》りあげてゆく訳だ。感動がなくてどうして短歌の世界に踏みこめるのだ。

一九七三年六月一七日（日）くもり

「父の日」である。私の犯罪の日、五年前のどしゃ降りの日。でも五年後も「父の日」が私におどりかかるのか。

運命《さだめ》とは不思議なりけり父の無きわれ〈父の日〉に罪犯せり

一九七三年六月一八日（月）くもり

玉井義浩著『汝《なんじ》われとともにパラダイスにあるべし』と題した、キリスト教の純粋なる証しの本を読んだ。一死刑囚の手紙と手記を編んだものである。昭和二九年の発行であるが、信仰書には年代など余り関係ないと思う。

実に、血を吐くような信仰告白である。事実本人は処刑を眼前《がんぜん》にして喀血《かっけつ》に苦しむ生活だ。当時は、やはり法律に定めるところの「刑確定後六ヵ月にて死刑執行」が行なわれていたようだ。いまの死刑囚は、これに比べると大分長生きができる。これも時代の流れであろう。この本を完読しないうちに、送ってくれた方へ私流の手きびしい感想を書き送った訳だが、精読してみると実に涙ぐましい信仰の告白であったのだ。あの返事は軽率だったと思う。もっと著者の気持を汲《く》んでやるべきだった。同じ死刑囚——というより、同信仰の仲間ではないか。私はなぜ、極悪人と非悪人に区別したがるのか、どこに違いがあるというのだ、同じ境遇に在るものが——。

著者の肉体的苦痛が、読後三日経《た》ったいまにしてヒシヒシ感じられる。どんなにか苦しいことだったろう。むしろ、一刻も早く処刑を願っていたかもしれない。死んだ方が早く神の御許《みもと》に昇ることができ、イエスに会うことができるからだ。その方が遥かなる幸福であろう。だが現実には、彼をして地上で苦しめるだけだったのだ。かりに風邪一つひいただけでも、獄中では苦しさは倍加する。それが盲腸の手術と喀血の苦しみを神は彼に与え給《たま》うたのである。あきらかに神の御技《みわざ》であるに違いないが、たとえ信仰がどんなに深くとも一度は神を恨んでみたくもなる状況だろう。いまでこそ自分は健康に満たされているが、以前、肉体の苦痛を味わった経験がある。その時は、恨み事の一つも神に言ってやりたかった。いや、言っていたかもしれない。

ところで、この著者のように見事に救われた人もあまり例がないのではあるまいか。ただ、自分の「極悪性」を表現しすぎてはいまいか。それが読者をして、多少押しつけがましく受け取れたのは、私だけなのだろうか。それとも、私も同じ境遇者ゆえ彼の生活が外の人より深く理解できたからなのだろうか。いかにも我々は死刑囚としての自覚を持たねばならないが、いまさら「極悪」を強調する必要はないと思う。人はむしろ我々を、「憐《あわ》れみ」の対象にしているだろう。ただ、これに甘えてはいけない。烙印《らくいん》は消えないのだから。

――著者は第一審にて服罪している。つまり控訴はしないで死刑が確定した訳だ。よくある例だ。三人以上殺した者ならば大抵上告はしないものだ。自分の罪というものはいかなるものか、マスコミがガタガタ批判する前によく心得ているものだ。そんな人を何人か見てきた。

ところで、裁判長は判決のあと著者にこう言ったという。「君は此《こ》の度の事について、自分の良心にもっとも恥ずるべき事をやって、人間の尊い生命《いのち》を奪ったのだ。そのやった所の償いを立派にはたすには、自分の生命を以《もつ》て罪の償いをせねばならぬ。その事が今の君にあたえられたる天のしめしである。だから妻子の事も考えるだろうが、男らしく罪の償いをしなさい」と。この言葉は結果的に彼のためになったと思う。キリスト教的に言えばこの言葉は明らかに神の愛に背くものであり、キリスト者として容認できぬかもしれないが、ただ、この言葉を言わねばならなかった裁判官の気持が解ると思うのだ。

ところで私の場合を考えてみよう。第一審の裁判長は何と言ったか。これとまるで逆だった。裁判長というものは、判決後自分の所感を被告人に述べるものであるが、私の時は、あいまいな言葉だったと思う。私も彼の時のように服罪を求められ、断言された方が却《かえ》ってスッキリしたかもしれない。それがこう言ったのだ。「できれば君を助けてあげたいと思ったのだが、船車覆没致死罪《せんしゃふくぼっちしざい》には死刑しかなくこの罪名で罰するとなると、あくまでも死刑一つしかないのである。だからこの罰条が適条かどうか高裁に訴えてもう一度よく審理してもらってはどうか。どうせ控訴の手続きがあるのだから」と。この二者の違いをどう見ればいいのか。

一九七三年八月二一日（火）晴、猛暑

改装工事のために転房してきた棟の運動場には、緑が多いのにはいささか驚いた。そして感心し、喜んだ。同じ新しい獄舎だから、どうせ緑は少ないだろうと、甘く見ていた。思い切り相撲を取ってみたくなるような叢《くさむら》が、目の前に広がっている。

しかし、勝手にそこへはいけないのだ。もし、そこの叢へ入って相撲でも取ろうものなら、非常ベルが鳴って警備隊がスッ飛んで来るだろう。懲役囚たちの休息時間ではないのだ。ここは拘置所《こうちしょ》で我々は、刑確定の人間であるということだ。さらに加えて死刑頭が気違いのように早鐘を打つ。放射線状の扇形運動場がひどく地獄になってくる。

囚なのだ。同じ「囚」でも、服役囚と死刑囚では雲泥の差がある。ああいう叢を見ると、

一九七三年九月一一日（火）くもりのち晴

中秋の名月。これも神のなし給う御技である。

陰暦八月一五日の満月。なんと風流な夜であろう。

午後三時頃まで空一面を覆っていた雲は幸いに風が出て来て夕刻にはほとんどの雲を払いのけてくれた。快い風と共に冴《さ》えわたる夜空に、丸く大きな月が昇り始めた。獄棟の屋根に現われたのは午後七時一〇分頃であろう。玻璃窓《はりまど》をあおぐ位置に牀《とこ》を移して、今宵の名月を愉《たの》しんだ。

窓の位置が限られてあれば、眺むる時間も限定されることになるわけだ。そして、こういった月見などというものは、少しだけ見るから愉しいのであると思う。思い出になるのだと思う。

東京にこれほどの夜空があるとは――。

一九七三年九月一七日（月）晴のちくもり、二七度

ここ数ヵ月間は本を購入していない。ここらあたりでこってりした、長編推理小説でも買って読んでみたい誘惑に駆られること頻《しき》りである。本などというものは食べ物と同じで、初め、どんなに続いてもう見るのも厭《いや》になったとしても、その後しばらく離れてみるとまた、それが欲しくなるものである。本も食物も一種の麻薬なのだ。――いま短歌ばかり読んでいる。いつもだとこの辺で、「短歌はもう読み飽きた。さすがに飽きた。見るのも厭だ」と、駄々をこねるところなのだが、考えてみればそんなこと喚《わめ》ける身分では所詮ないのだ。身の程も考えずに生意気である。私は小さい時からそうだった？いま使っている鉛筆一本にしても、私のものではない。私の所持品には違いないが、私の働いて買った品物ではない。つまり私は、神に生かされている以外の何者でもないのだ。

一九七三年九月一八日（火）くもり、夜雨、二四度

結局私の生活というものは、一日一日の積み重ねでしかないように思える。「あなたの生活に神があるいは、聖書の聖言葉が毎日どのように働いているか」と問われても、例を持ち出して応《こた》えることは出来ないと思う。ただ、今日一日生かされてきたこと、また、現在から明日にかけて生かされてゆくであろうことを、恃《たの》みつつ平穏なる日のくれた感謝の祈りを捧《ささ》げるのみと言える。

現在、己れが在ることへの感謝に尽きる。単に長生きするだけを貪欲に求めるものでは決してない。

聖書の言葉と自分の生活を照合しつつ、信仰生活を送る――またもやこれに尽きると思う。信仰生活の基本となるものは何か。言わずもがな、キリストを神の御子《みこ》と信じる心であろう。キリストを着る、つまりその考えを身につけることだろう。聖書に記されたあまたの言葉も、先《ま》ずキリストを着ることなくして、それらの言葉が成就《じょうじゅ》されることはないだろう。子が親の、学生が教師の、会社員が社長の言葉によって生活に影響をきたすことはある。しかしそもそも人間は、神を離れたことによって自らの十字架を背負っている。彼らが喜・怒・哀・楽を口にする時すでに、彼らは神の支配下に在らねばならない訳だ。人間は決して完全ではあり得ない。人間が人間に与える褒賞《ほうしょう》というものは時として無意味である。

一九七三年九月二五日（火）晴のちくもり

プロテスタントの牧師である吉田先生から教誨《きょうかい》を受けている最中、隣りの教誨室から読経《どきょう》が高らかに響いてきた。教誨室が二つ並んでいて、同時に二つの教室を使用する例はほとんどないのだが、今日は一緒だった。するとこちらの讃美歌《さんびか》もあちら側に聞こえ、多分苦笑していたことだろう。火曜日の午前は吉田先生、午後は日蓮宗《にちれんしゅう》の井上先生の教誨というスケジュールになっているが、実際には井上先生は水曜日に見えることが多いようだ。私たちは三名だが、井上先生の方は大勢の死刑囚を抱えている。ほかにカトリックと親鸞《しんらん》さんがいるが、いまでは各々《おのおの》一名になってしまった。木曜日のカトリックと土曜日の親鸞さん（浄土真宗《じょうどしんしゅう》）である。そのうち、カトリックの方は二週間に一度しか来ないらしい。こうしてみると、今日のような日はゴソッとまとめて教誨の面倒を見ることになる訳だ。であるから、教誨室の周りはこの時間になると暫《しば》らくの間、読経や讃美歌で大変な喧騒《けんそう》だろうと思うのである。
今日、仏教さんの方を何気なく覗《のぞ》いてみたのだが（扉が開放されていたのだ）、なんと彼らの教誨室はいつの間にか和室に改造されていたのである。四畳半位に畳が敷かれ、小料理屋の御座敷の感じである。洒落《しゃれ》たことをして憎いね。あれで仏壇がなければ、芸者の待ち合いではないか。もっとも、わが方にも聖壇があり、大きな十字架がキラキラ輝いている。これはカトリックさんが拵《こしら》えたものらしい。カトリックはこと装飾に関しては長《た》けているのである。わがプロテスタントは、飾りなど問題外だ。信仰そのものによる。こころに決まるのだ。物や形ではない、ただただ信じている。

一九七三年九月三〇日（日）雨

この毎日、欲も徳もない生活である。仏教で言えば〝悟り〟に近づきつつあることだろうか。だが私は仏教徒ではない。〝悟り〟という語意にどうも、諦観臭さを感じてならぬキリスト教徒は、キリスト教的に物を考えなければいけない。つまりキリスト教には、諦観・厭世《えんせい》という言葉はない。

「死」さえも希望と歓喜であるという。聖書の中に――特にパウロの言葉として、「喜んでいなさい」と度たび出てくる。この「喜び」は一に、物をもらったり他人から良いことをしてもらったときだけいう「喜び」ではないのだ。

キリストに連なるところの、一クリスチャンとしての存在を喜べと語っているのだ。そのためには災難や試練を厭《いと》ってはならぬ。病気に罹《かか》ったら病院の中より、自分がなおも神の御手《みて》に在ることを喜ばねばならない。

人間は生まれる時と死ぬ時だけは、自分の意志ではどうすることも出来ない。生死だけは人知を超えている。

一九七三年一〇月四日（木）晴

「花火」

バイブルの〈死に至る罪〉を目にとめて忙《いそが》しき獄のひととき黙す
罪名の異なる死囚ら耳よせて誰《たれ》おそるるや声のちいさし
死の刑に就く日の吾《われ》よりあざやかにこよひ荒川の花火があがる

芽の出たるあとを恃《たの》みて死に近き囚友《とも》は庭隅《にはすみ》に枇杷《びわ》の種まく
獄窓《ごくそう》に餌《えさ》を乞ひつつ母を呼ぶ雀《すずめ》の澄める声におどろく

(「潮音一九七三年一〇月号)

今月号も「潮音」に推薦歌で採られていた。要するに私の身分に叶《かな》った歌を書いていれば、選者の先生も見て下さるということか。しかし、強烈な社会詠を書きたい誘惑に依然駆られる。ただ、若い自分にはどうしても諷刺《ふうし》がかってしまうのだ。攻撃するだけが人間ではないか。しかも歌人となれば尚更《なおさら》。

一九七三年一〇月七日(日)小雨のちくもり、一七度

「潮音」一月号の二十首詠締切りは、この二五日であるがどうやら間に合いそうだ。午前中、一二月詠草《えいそう》をまとめてみた。二十首用を選《え》りながらの作業だったので、終えたあとはぐっと余裕が出てきた感じだ。

心でいくら考えても実作してみなければ、詩歌《しいか》の進歩はないと言うことか。とにかく

人間は、口で理屈をこね心で考えたがるものだ。私はその代表者みたいなものだった。今もそうだろうと思う。だから成長が鈍いのだろう。

一九七三年一〇月一二日（金）薄ぐもり、二五度

まさか昨日のあの時間のあの物音が、お迎えだったとはさすがに気がつかなかった。一年近くも執行がないと、少々の物音にも動じなくなってしまう。平穏に慣れてしまう。今日運動に出た時、はじめて彼の執行を知った。仲間たちはさすがに敏感だ。感心する。次は俺の番だ、お前の番だ、果てはいま荷物をまとめているところだと言って、堂々と冗談を渡り合う連中が多いから、拘置所としてもやり易《やす》かろう。そして心強かろう。ま、それはいいとしてとにかく皆んな、何時でも処刑出来るように常に準備が完了しているから、当然だと言え立派だと思う。もっとも中には例外がいるが、それは少なくとも仲間外と呼びたい。なぜなら、一緒の舎房にはいないのだから。

ところで一つ、不覚をしたことがある。正確には不覚とも言えないだろうが、手紙に余計なことを書いてしまった。約一年も処刑がない云々《うんぬん》と書いて出した途端に、その日

の午後曳《ひ》かれて行ったのである。ともあれ、彼の冥福《めいふく》を祈ろう。

友逝《ゆ》きし日空ひくく垂れ刑場へつづく木立《こだち》よ風のさわげる

一九七三年一一月一九日（月）快晴

一〇時頃だった。「吉田先生が来ている」と知らせがあり、そのあと「今日は三人の先生が来ているからな」と再び言ってきた。「ははあ、仏教の先生方も皆みえて、教誨が終ったあとで、教誨師会合でも行うのかな」、それであまり時間がないぞ――と言ってきたのかと思っていた。ところが教誨室へ出かけて見たら、なんと泉田先生、吉田先生、黒木先生がおられた。三人の先生とはわが先生方だったのである。一体まあどうしたことかと、愕《おどろ》きと興奮で瞬間言葉が出ないまま、口をパクパクしていた。いよいよ私にお迎えが来たと思ったのだ。と車椅子の泉田大先生から、黒木先生の紹介と突然訪問のわけの説明があった。私は一昨日《おととい》の土曜日に、泉田先生へ久方の御機嫌伺いに短歌三〇首程を添付して、お手紙を書いて出したばかりであった。無論まだ、手紙は読んでおられない。突然の訪問というのは実は、吉田先生が秋田の教会へ赴任されることになり、今後の教誨は黒木牧師にバトンタッチするためいわば、その顔合せとでも言うべきか、まあそんなような事情だったのである。

人間には出会いがあれば、必ず別れがある。生者必滅会者定離《しょうじゃひつめつえしゃじょうり》だ。天の法則である。拒むことは出来ない。

会社風に言えば吉田先生は栄転になろうか。秋田では正牧師として一国一城の主《あるじ》になるのだ。

こうしてキリスト教は、全国の津々浦々へ伝道活動が浸透してゆくのである。キリスト以外にこの世が救われる道は外にない、と確信をもって言える。

それにしても泉田先生はお元気だった。九ヵ月ぶりにお目にかかったが、威厳あるお姿はキリストそのものであった。キリストの愛と強さを改めて知らされた。実に感服した。名誉牧師、正牧師、副牧師（伝道師）と一堂に揃《そろ》って相対すると、かなりの威圧感を感じる。それは神より直接受ける信頼の絆《きずな》にも似ている。

一九七三年一一月二三日（金）快晴

今日はすっかり手紙書きに費やした。文鳥のやつがおそろしく静かなので、何をやってもはかがいく。

休日祭日はラジオが多くなって、ついラジオに釣られて聴き惚《ほ》れてしまい、一日何も出来ないのが現状だが、一番最初思い切ってラジオを切ってしまえば、そして自分の時間に没頭してしまえば、ラジオのスイッチを入れることもない。最初が肝心なのである。

心を鬼にしてスイッチを切ればいいのだ。しかし、切っても音声が残るのがこのラジオ、それでも神経の持ち次第のようだ。気にしたら地獄の底までもきりがない。ラジオの残音をサッとかわして、ほかに没頭することだ。

一九七三年一一月二四日（土）晴のちくもり、一五度

集会の帰路眺めた夕焼が綺麗《きれい》だった。これぞ神の演出、美しい。ここにはまだ煉瓦《れんが》の建物が残っていて、そのバックに映える夕焼がともに唱《うた》うがごとし。しばらく佇《たたず》んで眺めておれば、歌の一つも詠めるだろうが、それも出来ない。だいたい獄廊で歩を止めた

ら大変だ。歩行中眺めながら帰ってきて、それが印象となり、ある時間脳裡《のうり》に収まっておれば、歌に加工することは出来るが。相変らず作歌の方は芳しくない。何とか出詠分を間に合せてはいるが、何とかでは全く心許無《こころもとな》い。大いなる自信と意欲をもって臨みたいのが本音である。

今日は大変な冷え込みだ。夜はさぞ冷えることだろう。そして明朝の冷え込みが身にしみるようだ。冷え込み――というのは寒いのとはまた別なのである。ちょうど、水が氷に変る時のヒシヒシと身に迫る感覚なのである。そのまま堪《た》えたら私も氷になれるかもしれない、という絶望！　死は怖れずと自分に言い聞かせつつ、身震いしている。

一九七三年一一月二七日（火）晴、あたたかい

今日から教誨牧師さんが黒木先生に替った。おそらくこれからは、半永久的に務めて下さるのだろうと思う。吉田先生は、泉田先生と黒木先生の中継ぎとして、また、刑務所伝道の実習として意義深かったのではあるまいか。吉田先生の控え目な指導に対して、黒木先生の元気いっぱいの姿勢には、すっかり気圧《けお》されてしまった。

牧師って皆んな、あんなに元気があるのかしらん。信徒として頼もしい限りだ、生意気のようだけど。

忘れていた。日記の先ずはじめに書かなければならないことがあったのだ。万歳！と言ったら笑われるかな。本当は昨日の日記に誌《しる》すべきことなのだが、昨夕、日記を終えてから到着したので、今日の分に回したのだ。実は「潮音」社から葉書が届いて、それには「新春二十首詠に応募された貴下の作品が入選と決定した。つきましては略歴を書いて一二月五日まで送って欲しい」という通知であったのだ。寝耳に水――といったら、いかにも気取っていそうに思われるが、実はそれに近い心境である。まさかと思った。だから瞬間的には「万歳！」も言えるが、しかし、読者に味わってもらえる作品ではないかもしれない。少なくとも、初歩者（新聞歌壇等を読んでいる一般読者でもいい）には判《わか》りづらく、面白くない歌かもしれない。

私自身に限って申せば、いくらかでも「潮音短歌」に近づいたことはやはり嬉《うれ》しい。短歌は概念に囚《とら》われず、個々の信ずる主義主張の方法をもち歌わるるべきである。読者のために作者があるのではなく、作者のために読者が努力しなければならぬと考える。

なぜなら「遊戯」だからだ。

一九七三年一二月三日（月）晴、強風

風が強い。これがほんとうの木枯《こがら》しだ。獄舎に灯が点《とも》った。何百という独房に灯を点され、暗闇の中に燐寸《マッチ》箱を積み重ねたように浮かびあがった。その中に棲《す》む囚人たちは、自分の隣りにいる人間のことを知ることが出来ないのだ。隣りの獄舎は全部の独房に灯が点っている。つまり満員ということだ。向う側の獄舎もあるいは、反対側の獄舎もおそらく、全室点っていることだろう。この木枯し吹きすさぶ師走の初旬、一体何ゆえに囚縛され、好んで監獄に入って来るのか、というのだ。真面目《まじめ》――いや、当り前の生活でいいのだ。娑婆《しゃば》で当り前にさえ暮していれば、火の気のない獄に来ることはないのだ。来たからには、好きで来たのだろう。好きで来たのならば、ガタガタ不平不満を並べ文句を言うことはないと思う。言われた通り従えばいい。それにしてもこの四舎は「悪」が多い。いわば、恐ろしい獄棟なのだ。そこに何年も生活するのがわれら死刑囚だ。

一九七三年一二月六日（木）晴

昨晩ふたつの不思議な感応体験が起きた。

（その一）今朝運動へ出たとき、二三男《ふみお》君がこんなことを語るのである。「昨夜《ゆうべ》、泉田先生が死んだ夢を見て、胸がどきどきした」と。夢の中の場所は彼の家らしい。泉田先生が栃木の彼の家を突然訪問され、応対に出た彼が玄関で先生の姿を見た途端、先生はつんのめるようにして倒れてしまったという。お互いに言葉は、まだ交《か》わしていなかった。驚愕《きょうがく》した彼が「お父さーん、お母さーん、泉田先生が大変だよオ！」と叫んで、助けを求めたところで目が覚めたという。それで彼は「泉田先生大丈夫だろうか」と私に言うのである。私は「夢は逆さといって、死んだ夢を見て本人が本当に死んだというためしはない。むしろ、長生きするのじゃないかな」と言ってしまった。小さい頃母から聞いた言葉なのである。それをなぜだか、自信をもって言ってしまった。彼を安心させる所為《しょい》もあった。言ってしまったあと、自分で気にならないでもなかった。

（その二）実は昨夜、この私も胸を騒がせた一人なのである。それは蜘蛛《くも》である。八時頃だったろうか。寝てラジオを聴きながら、じーっと電灯をみつめていたら、何か小さく蠢《うごめ》くものがスルスルと目の上に降りてくるではないか。「ハッ、夜蜘蛛だ！」と思い、一瞬不吉な予感が脳裡を走った。目より一尺ぐらいの高さまで降りて来て、確かめようと顔をあげると同時に、蜘蛛のやつは天井に昇って行った。幻覚かと思い立ち上って検《しら》べたが、間違いなく本物の蜘蛛であった。しかも金色した小さな夜蜘蛛だった。私はこれを何かの兆候とその時思い至っても、無理な心の動きではなかった。「神よ、すべてあなたの御意《ぎょい》のままです」と祈る外に術《すべ》はなかった。テレパシーを人間の力で支配することは出来ないからだ。

一夜明けた今日、現在のところ（午後五時半）私は何の出来事も聞いていない。ただ、二三男君から夢の話を聞いただけだ。二人が見たものは一体何を意味するのか。実は友の処刑があると案じられたのだが、そうではなかった。しかし、何かの兆候であることは間違いないと思うのだが。勿論《もちろん》、平穏無事であってくれたに越したことはない。だが神の御技は、人知では計りしれないのである。

指組みて祈れるわれの目の前に蜘蛛の下り来て処刑を想《おも》ふ

一九七三年一二月一一日（火）快晴

主イエスの御降誕も近づいており、一二月の教誨の時はクリスマスの讃美歌《さんびか》を歌い、キリスト御誕生の話を伺うことになる訳だが、年に一度ぐらい主に在る兄弟たちと共に、教誨先生と交わるひとときを頂きたいものだ、と希求してきたのであったが、何と本日それが叶えられたのである。教誨的には、我々にとっていまがクリスマスなのだが、そのクリスマスの時ぐらい一緒に讃美し、一緒に牧師さんの話を聴きたい。これはクリスチャンなら誰でも望むことだろうと思う。

私はそのことを手紙に書いたのだけれど、検閲の二次段階においてあるいは、教育課長さんあたりが読んで、心にとめておいてくれたのだろうか。それとも、今日は教誨の時間的な都合で、まとめて一緒に行ったのだろうか。いずれにしても、私には初めてのことである。

もし前者であるならば、心から感謝したい。後者だとしてもやはり、感謝することに変りはない。偶然の神様よ。

一人で聖書の話を聴くより、牧師さんと二人で讃美するより、仲間の兄弟たちと共に讃美し、聖書を学んだ方がどんなに愉しいか分らない。でも普段はやはり駄目かもしれない。それでも仕方ない。クリスマス期間だけでも、主に在る兄弟たちと一緒に、教誨を受けさせて下さったことに、感謝したいと思う。黒木先生のお祈りのあと、私が皆なの分も祈ってひとときを終了した。仲間の前で祈るなどは、相当の勇気がいる。予《あらかじ》め、この教誨が予定されていたら、私は祈ることばかり気になって、この日の来ることが呪わしく思ったかもしれない。

何故《なぜ》なら自分は、それでなくとも、言語障害で意識過剰なのである。結果論から言うと、神がいきなりこの日を備えてくれたことは幸いであった。思わぬところで、意外な勇気を与えられたからである。これまでの間に、キリスト教の教誨から去って行った死刑囚は、少なからずいる。それは何故かと言うと、教誨師さんの前で祈るのが厭《いや》だからである。恥しいのか、躊躇《ちゆうちよ》するのか、キリスト教への理解がないのか、事情はいろいろあるだろうと思う。それとも、案外照れくさくて喋《しやべ》れないだけなのかもしれない。

しかし、祈りというものは、聖書を本当に理解し、日々主と共に自分が在ることを感謝していれば、自ずから湧《わ》き出《い》づるものだと確信するのである。たしかに、部屋で祈るのは黙祈《もくとう》であるからして、監視孔《かんしこう》もあまり気にならず、心で自由に祈れるかもしれないが、それではすっかり心を開いているとは思えないのである。バイブルにも示す通り「人は口で告白して救われる」（ローマ10：10）のである。

私は何よりも、洗礼を受けた者であるから、躊躇したり億劫《おっくう》がってはいられない。先頭に立って、兄弟たちを引っ張って行くだけの責任と義務があると考える。考える――ではなく、その自覚がないといけない。だから、運動へ出たとき多少の冗談はいいとしても、神に背く言動は間違っても出来ない。無神論者が多くても、絶対に打ち克《か》つ力が必要だ。それが信仰心だ。決して油断がならないのである。

一九七三年一二月一二日（水）快晴のち曇天

摩訶《まか》不思議。正午を合図にそれまで透き通る程よく晴れていた空が、いきなり密雲に覆われ、たちまちのうちに曇天の空となった。何と気紛れなことよ。明日は多分雨だろう。そろそろ降ってもいい頃だ。ただ、雨が降ると寒くていけない。雪国生れなのに、私はどうしてこうも寒がり屋なのだろう。きっと同囚一番の寒がり屋だろう。教誨室へ行ってカタカタ震えていると、どうもみっともなくていけない。見苦しいものである。「広域重要指定一〇七号から同一〇八号へ告ぐ。汝《なんじ》、直ちに師マルクスを棄《す》て回心せよ！」なんて呼びかけてみたくなる今日である。二、三日前から死刑囚の永山則夫《のりお》君の著した『無知の涙』を読んでいる。現在九〇パーセントを読了したが、残りはもう読まなくとていいと思う。彼の思想はあらかた判《わか》った。

さきごろ「信徒の友」に彼のことが少々触れられており、彼の書いた『無知の涙』を「幼稚」な文章と決めつけていたが、彼の文章（『無知の涙』）が幼稚なら、「信徒の友」の文章は小学生の作文だ、と私は敢《あ》えて言いたい。著書を熟読せずに簡単に決めつけてはいけないと思う。

私の文章を、幼稚な文章と言うのである。それにしても、彼はよくあれまで勉強したものだ。また、彼は明らかにキリスト教への挑戦を試みている――と考えることが出来る。私がいま書いているノートと同じやつに、彼は朝な夕な食事時間も惜しんで筆を執ったのであろう。

一九七三年一二月一三日（木）快晴

昨日の続きになるが、彼が言いたいことを書いてみる。『無知の涙』一九七〇年二月一日付のノートにおいて彼は、死刑執行時に鑑《かんが》み、ある提言をしている。彼がまだ第一審も終了せずに、処刑当日も何もないものだが、ただ、自分の死を誰よりも確実に認識しているらしい。いわばヤケのヤンパチで何でも書ける訳なのだ。その提言というのはこうである。

「――さて私は刑死を予期している者だが、その場合、法律は尊重するが、一つ、唯一つ注文したい事柄があるのである。確かに、それ等、それ等の殺人は言語道断であり、情けは無用と徹底すべきである。だがそこだ。殺人を犯した時節はどうであるにせよ、逮捕されたからには、その事件には終止符がうたれたのだ。（中略）たとえ凶悪殺人犯でも禽獣《きんじゅう》ではないのだ。それでも、一端の人間ですと言の葉を口から出せる輩なのである。ですからである。その死の瞬間時十分位前に音楽を流してやるべきであると提言する。その死の瞬間に楽に殺してやるべきだと思うのである。誰だって死の瞬間には恐怖におののくのである。故に瞬間だけでも安易な心境にしてやるべきだと考える訳である。死という瞬間は白痴的な者でない限り、恐怖を感じるものであると思う。その瞬間のために死刑は法にあるのだろうか？　もし、そうであるのなら話は別になる。しかし、死刑になるその瞬間までには、心的苦患をしているはずである。言葉で言いつくすことの不可能な……。そこで、その瞬間に、音楽を!!　音楽をその場に奏でるのである。その刑死する者に自由にリクエストさせ、それは浪曲でも、民謡でも、モダンジャズでも、歌謡でも、クラシックでも、ポピュラーでも、それがどんなものでも、国家は傾聴してやるべし。その場に同居する、執行人も我慢出来るでしょう。もし、その曲が大嫌いなものであっても。わずか一〇分位で息切れるはずであるから（後略）。」と仰《おつしや》るのである。

こういった発想はいかにもマルクス主義者らしい。瞬間に生きる人種の究極的着想だ。彼は刑死に安楽死を切望している。ニーチェ、ランボー、キルケゴール、カフカといった人たちの言いそうな言葉である。残念だが彼の提案は、おそらく受理してもらえまい。一般人ならいざ知らず、キリスト信徒から見たら愚にもつかぬ話である。そもそも死とは何ぞや。キリスト者にとって「死」は我々を支配していないのだ。むしろ、希望である。だから、友のためにもいのちを棄てられるのである。
これがキリストの「愛」の一つの形である。そんな意味においても『無知の涙』は、キリスト教への挑戦であるとも言える。資本主義社会への挑戦の前に、キリスト教への果し状と勘案せねばならない。彼には「愛」が必要だ。――彼に触れるのは、これが最初で最後にしたい。

一九七三年一二月一七日（月）快晴

これまでのところ処刑のお迎えの時間というものは決っていて、その時間になると厭でも聴覚が働いてしまうのが、我々の偽らざる心境だと思うのだが、仲間の諸君！如何《いかが》なものだろう。つまり、その時間に鉄扉《てっぴ》が開けば、九九パーセント処刑のお迎えということになる。ところがである。最近その時間になると用もないのに、ドアが開くのである。これを一種のカムフラージュと受け取った訳だが、どんなものであろう。たしかにこのカムフラージュによって、鉄扉の音に慣れさせ、慢性化させる役目と、緊張感をほぐす効果があるかもしれないが、私に言わせたらナンセンスである。靴音が果して、自分の扉の前で止まるかあるいは、通り過ぎて隣りで止まるか——という、この一瞬の賭《か》けこそ、〝いのち〟そのものではないか。これほどのスリルは外にないだろう。私は「どうか自分の扉が開きませんように」と、その時間に祈ったことはないし、心に頼んだこともない。これからもおそらく希《こいねが》うことはないだろう。

私の立場として、いのち乞いすることは出来ないのである。私は別に、スリルを愉しんでいるつもりではない。しかし、我々にはこの緊張感が必要なのではあるまいか。自覚することが大切だ。

逆に「迎え討つつもりで待っている」などと言ったらカッコいいし、そして仲間の反感を買うかもしれないので、決して口に出して言うことは出来ないが、心境はそれに近いものである。信仰に生きると「死」をおのずから克服し、一切のものに支配されず、魂は全く自由だということだ。「肉」と「心」の違いだろうか。

一九七三年一二月二五日（火）快晴

黒木先生は教誨について、心から情熱を燃やしているのだと思った。これまでだと、クリスマスに最も近い週の教誨日に訪問されて、クリスマスのメッセージと共に一年間をしめくくって行かれた。勿論、その後が忙しいからでもある。黒木先生は、火曜日（教誨日）に来れないからといって木曜日に見えられた。こういう先例はほとんどない。つまり週に一度は、どんなことをしても訪問されようとする、その情熱に敬服する次第。これからは、サボる気持など夢にも抱いてはいけない。大いに仕込んで頂きたい。私は益々《みすみす》希望を持つだろう。

一九七三年一二月二六日（水）晴

私は恥ずかしい。自分の存在が恥ずかしい。こういう状態で長らえても絶対自慢できるものではない。恥が増すだけだ。私が一日でも多く生きることは、それだけ誰かに迷惑をかけるからだ。やはり私にとって死は、ようようたる希望なのである。

一九七三年一二月二七日（木）晴のちくもり

この時期に及んでいくらなんでも、もう今年度の処刑は行われないだろう。すると一〇月の石浜さんが打ち止めになった訳だ。いや、打ち止めもなにも彼は、今年度最初で最後の処刑者だった、ということになる。たった一人の処刑者。誰かの小説のタイトルに似ているようだ。東京で年間一名だけの処刑は、おそらく過去に例がないだろう。いずれにしても、今年は世情もからめて、並の世の中ではなかった。今年も死に損なった、逝《い》きそびれた――感じがしないでもない。

8　惑乱の日々

もう疲れた。日記も文通も短歌ももういい。そんな気分になっていたが、思いがけない出会いもあった。まず作家の加賀乙彦《おとひこ》先生が私の短歌を認めてくれたのだ。加賀先生の便りが手元にとどき、カトリックの死刑囚、正田昭《しょうだ》と親交のある人であると知り、嬉《うれ》しく懐かしく思った。

それとほとんど同時に「潮音」の「新春二十首詠」に私の作品二〇首が入選したと知った。二つの出来事には相互に関連があるように思えたが、もちろんありえぬことだ。そう思いつつも私は聖霊の功徳《くどく》だと感じてしまった。疲れた私を慰めてくれる神の力を私は感じたのだ。

「癸丑《みずのとうし》の秋」　（癸丑：干支《えと》の一つ。一九七三年が癸丑にあたる）

鴉《からす》さわぐ獄舎のめざめ　いづこにも夭死《ようし》はあるぞ友よおちつけ

たちこめる朝霧のなか整然と教会へむかふ囚徒らの列
殉教者たたふるマーチ厳かなれば処刑の朝も聴きたき曲なり
ユダのゐぬ十一使徒の絵はり替へて死囚の告白まつ教誨堂《けうくわいだう》
たが苦悩聞きしやマリア　燭台《しよくだい》の炎しじまにはげしく揺るる
伸びすぎたる爪《つめ》を剪《き》るとき母想《おも》ふ断ちきれぬ記憶のなかに構へて
浴室にたれぞ忘れし囚人服　縊死者《いししや》のかたちに吊《つる》されてあり
調べ室夜半くわうくわうと晒《さら》されて罪に対《こた》へる囚徒の背高し

（「潮音」一九七四年一月号「新春二十首詠　入選」より）

一九七四年一月六日（日）快晴

「潮音」一月号にやっぱり、私の歌が「入選」として二〇首。二先生の批評もついていた。今度の場合、予《あらかじ》め入選が通知されていたので、歌誌を初めて繰るときの、ときめきというものがまるでなかった。当然と言えば当然だがやはり、初めて歌誌を開いて入選を知るほうが、実作者としてずっと報われるみたいと思うのだが。

ところで二先生が御指摘されている「客観的」のことだが、いちいちごもっともな言葉である。そして私自身活字になった歌を、改めて読み進めてゆくと、いかに題は「癸丑の秋」というこの歌が獄舎生活を客観視しているか、見苦しいほど判《わか》る。本人の切迫感がない。いやしくも死刑囚である。「死」に対する言葉があるはずだ。それがないのだから私もかなり、あれを会得《えとく》したことになる。つまり「主観を殺そう、主観を捨てよう」と、呪いにも似た実践が到頭、こんな形で表われたのだろう。徹底的に主観を排し、対象の背後を強引にアップさせる手法が、これほど人間の眼《め》を冷たくさせるものなのか。これほど客観的に物を視《み》てしまうのだろうか。このまま進むと、私の血は失《う》せあるいは、凍ってしまいそうな予感に囚《とら》われる。短歌以外の、キリストの愛はどうしたのか。短歌は生活に立脚してこそ、成立するものなのだろうか。

一九七四年一月八日（火）くもり一時晴

前衛短歌は非キリスト者の所産であったのだ。愚かにも私は、いま頃になって前衛短歌の神髄に触れた。私は前衛短歌と離別しなければならない。そうしないと、同信仰の人たちを裏切ることになりかねない。

キリスト者の短歌は、いわゆる愛の所産でなければいけないことを、骨の芯まで知らされた。しかし、断っておくが、私がかねがね申している短歌の「遊戯性」については、こころは変らない。遊戯の中にも愛が生きておればいいのだ。いや、努力して生かさなければいけない。

一九七四年一月二九日（火）晴

眼鏡を交付され、本日より使用する。見える見える、もの凄《すご》くよく見えるのである。これでは、いままでテレビの字幕が見えなかったのが当り前のようだ。非常に見通しが明るくなった。病舎二階の検眼室から、眼鏡なしで見渡すと娑婆《しゃば》も電車も何となく、ただ形としてだけ見えていたのが、ひとたび眼鏡をつけて見渡したところ、何とまあよく見えること。これでは眼のよい人間が娑婆を恋しがるのも無理がないと思った。もっとも、死刑囚の舎房からは外部は見えないけれど。

眼鏡をつけると、ビルの窓々や電車の人影まで見えるようであった。だから、再び訪ねることもあるまい病舎の窓から、外景をじっくり眺めてきた。美しいけれど、自分とは無縁の景色であった。何しろ死刑囚とはてっきり別種の人々が住む世界だ。むこうから、こちらを見れば、青白いコンクリートの牢屋《ろうや》がさびしくつらなっているだけだろう。そこに生きた人間など住むはずはないと思っているのだろうさ。

自分はすでにして半分以上の死人である。死刑の執行は未《ま》だだと思っているけれど、自分の命は半分以上は消えてしまっている。ああ、眼鏡のおかげで、自分の死を見ている心地だ。

主イエス・キリスト様、命が消えつつあるのを私は怖れはしません、なぜなら死んだ瞬間にあなた様が私を天の国へとひきよせてくださると私は信じているからです。主よ、よろしくお願いいたします。

一九七四年二月一一日（月）晴のちくもり

建国記念日で祭日――というより、私にとって今日一一日は、父の誕生日である――といった方がずっとわかりいい。いまさら死んだ人間のしかも、誕生日でもあるまいが、しかしこの日は私をして、わが父の子供であることを確認せしめる日である。何というはかなく口惜《くや》しい日であることよ。かつての日、わが同胞は何故《なぜ》私が父の話を求めると、極端に厭《いや》がったのだろうか。単なる「死んでしまった人間」という理由だけではあるまい。外の事情があるからだろう。それを強いて聴こうとは思わない。聴かずに自分独り、美しい父親像を胸に描いていたほうが、ずっと幸せかもしれないからだ。ところで、父親の顔を知らないということは、不幸なのか幸せなのか、此頃《このごろ》よく考えることがある。また、戦死と非戦死とにおけるそれぞれの子供たちの受ける、父親死観というものはどうなのだろう。

私の犠牲になった方の遺児のことを考えると「まだ、自分は生きていたのか」と、苦痛と苛立《いらだ》ちを覚える。たしかに「やってしまったことは仕方ないじゃないか」と言うだろう。しかし、「やってしまった――」とはどういうことなのか。

被害者と加害者――そうだ、人間は被害者と加害者の二つにしか分け得ようがないのだ。これは真《まこと》に、創造主と被造物の関係に遡《さかのぼ》る。

私は一日として「犯罪者」から解放されたことはない。「すべてを忘れ明るく生き」

られる人間であったならば、はじめからこういうところへ来る人間ではない。信仰はいかにも私を救ってくれた。日毎《ひごと》の恵みをも身に余るほど、賜っている。だが、「犯罪者」だけは私を離れることがなかった。

幼な児《ご》に幾たび顕《た》たれ悩まされる汝《なんじ》が父殺《あや》めし罪びと吾《われ》は

一九七四年二月一三日（水）晴

短歌の材料がいよいよ乏しくなった私としては、今後さらに素材を大切にしたい。四苦八苦して手に入れた歌材を、軽々しく処理してはいられなくなった。活字になった自作を歌誌に読んでみて、「これは明らかに失敗作だった」と思う歌がある。そんな時は、何という無駄をしたのかと責められてならない。それも勉強のうちと言えばそれまでだが、しかし、やはり悔《く》いは残る。私はその失敗作を悔やむのではなく、乏しい中の貴重な歌材を、一個むざむざと無駄にしたことが口惜しいのである。限られた視界の中で出会ったものが、すべて歌の素材になるわけではない。

限られた獄中生活の中で一千首も書いたということは、ほとんどの対象・心象を詠み尽していることになる。だから今度は、直観に出会ったからとて、たやすく処理してはならない。絶対自信をもつまで推敲《すいこう》する必要がある。勿論《もちろん》、短歌は一つの世界を完成させる必要はない。読者と共に完成させるのが短歌の「芸」である。要するに、そこの程度が難しい。出来すぎては不味《まず》いが、未完成すぎてもいけない。重要なのはタイミングである。

ところで、失敗作を読み返し、悪い部分を入れ替えて新しく一首として、何食わぬ顔でいる作者もいたが、それをやったら歌人生命は終りだ。それゆえに、素材の選択には慎重を期したい。駄目な歌材は飽くまでも駄目なのだ。

昼月の泛《うか》べる下に打順待てば生きてあがなふ罪もはるけし
白日に罪の掌《て》さらす大胆さ死の際なれば許さるるべし

一九七四年二月一七日（日）くもり

加賀先生から送られてきたメッカ事件での刑死者、正田昭の『夜の記録』を読んだ。あと一冊続篇《ぞくへん》がある。次いで読もうと思う。加賀先生に申しわけないが、この本からいささかの感動も得ることができなかった。文章が綺麗《きれい》すぎるのである。同じ境涯者として中の生活を知り尽した一人ゆえに、書かれたことに対し、白々しさを覚えるのである。原因はおそらく、出版を意識して死刑囚としての自分の内面を書いたものだからではなかろうか。また私は多少、著者についての先入観を抱いて読んだためなのかは知らないが、いずれにしても普通、死刑囚の書物というものは、読了後、激しく感動する何かが、一つぐらい秘められているものなのである。島秋人《あきと》の『遺愛集』しかり。朴寿南《パクスナム》の『罪と死と愛と』しかり。玉井義治の『汝われとともにパラダイスにあるべし』しかり。太田博志の『十三の階段』しかり。ふむふむ、まだまだあるかもしれない。どの一冊を取っても、活字を意識して書かれたものではない。ゆえにその生活記録は生々しく、読者の感動を呼ばずにはおかない。私は別に、『夜の記録』の著者に対し、恨みつらみがあるわけではなく、悪口する舌は持っていない。

いま書き並べた本の主人公たちは、中学も碌《ろく》にでていない人たちである。ところが

『夜の記録』の著者は一流大学をでている。大卒者が発表を意識して書いた文章、それが死刑囚であるゆえに、白々しさを感じる。もっと肉声が欲しかった。これ以上筆を進めると死者を冒瀆《ぼうとく》することになる。また、中卒者の劣等感と思われるかもしれない。残念なことに信仰的な疑問点がかなり残った。彼がカトリックで私がプロテスタント、という一派一教の相違点を考慮してもである。かくなる上は主観の相違として、大きく譲歩せねばいけないだろうか。

私のカトリック嫌いは、決して自慢になるものではないし、また他人に聞かせられる性質のものではないが、これを機会にでもどうやらもう一度、今度は本格的にカトリックを研究してみる必要がありそうだ。

——私たちが罪の意識を除外して、いったい何が語れると言うのだろうか。罪に囚われてこそ意味がある。

一九七四年三月二日（土）晴

私には絶望が無い代わりに、夢もないと思う。一望千里、大いなる夢を見たい。

鳥海山《ちょうかいさん》が昨日から火山活動を始め、一五三年ぶりに高さ一〇〇メートルにわたって、黒煙を吹き上げたという。今日の新聞にも写真が載っていた。大したものだ。

鳥海山は言うまでもなく、わがふるさとの北端日本海寄りに位置し、標高二二三〇メートルの東北富士と呼ばれる山である。私の家から北北西に鳥海山が望景できる。一一月頃、初雪を頂いた山嶺《さんれい》の美しさは、言葉に尽せない。

その山が突然、黒煙を吹き上げたのだから、ふるさとの人々は驚いたに違いない。三原山、桜島、浅間山などのように、予測できる火山活動ではなかったろう。一五三年前といえば江戸中期後半の文政四年に当る。

世は「日本沈没」ブーム。そして北国は近年にない大雪。その北国のど真中で突如火山が動いた。不気味である。確かに世は「黙示録」の時代に近づいている。

一九七四年三月四日（月）晴、あたたかい

私という人間は本当に罪深い人間である。何という罪深さであろうか。いつもの夕べの祈りを捧《ささ》げながら、神の愛を深く深く思わずにはいられなかった。

一九七四年四月五日（金）晴

私が朝に日に聖書を繙《ひもと》くのは、その物語があるいは福音が、象徴と暗示に満ちているからである。一二人の弟子からも見放され、十字架上において「わが神、わが神、なんぞ我を見棄《みす》て給《たま》いしや」と恨み事を吐きつつ、なお且《か》つ神に縋《すが》りついた、孤独なイエスがそこにいたからである。実にイエスこそわが友よ！　と叫ぶに相応《ふさわ》しい人であったのだ。

誰も相手にせぬ無力なイエスが、ぼろぼろになりながら人間の矛盾を衝《つ》いて進んで行った。しかし弱かった。どうしようもなくイエスは弱かった。だから愛したのだ。

一九七四年四月六日（土）快晴

春だ。すっかり春だ。誰が何と言おうといまこそ春爛漫《らんまん》の季節なのである。思えば私めも、これでどうにか六度目の桜の季節を迎えた。感無量である。曲りなりにもここまで生きて来た。信仰にあるときは躓《つまず》きながらも、確かにここまで歩んで来た。

長いようでありまた、短かすぎる歳月の経過でもあった。無事ここまで生きて来た――という実感のみが残された。いまさら、明日のいのちを思い煩っても仕方あるまい。自身の力では何一つ成し得ないからだ。目に見えぬ絶対者なる方に、すべてを委《ゆだ》ねるとしよう。私は、もう、死は克服した。いや、克服の度合は主よ、あなたの判断に従います。

一九七四年四月一四日（日）くもり、強風

「机の位置」

陽のとどく位置に机をおきかへて死なねばならぬこころ定まる
読みさしの聖書に朝の日がこぼれイエスをたやすく友と呼びにき
網走《あばしり》の護送帰りの巡警が網ごしに流氷をきかせてくれぬ
許さるるいのちいくばく独房に眼鏡使用を願ひ出《い》でたり
眼鏡つけて見やる獄舎は囚人も獄吏《ごくり》のまなこもおだやかに澄む

（「潮音」一九七四年四月）

「潮音」四月号に発表した自分の歌を、改めて活字で読んでみて我ながらうんざりした。何という現実的で、血にそまったいのちに迫った歌だろうと思う。「夢遊び」どころか、むしろ「虚」を求めれば求めるほど、「実」にのめり込んでゆく状態に、私はただ呆然《ぼうぜん》と立ちつくすのである。いかん、これではいかん。念のために、推薦欄に掲載された作品五首から、問題の二首を掲げてみよう。

陽のとどく位置に机をおきかへて死なねばならぬこころ定まる
許さるるいのちいくばく独房に眼鏡使用を願ひ出でたり

死刑囚が命取りに迫られるのは当然である。逃れ得ぬ運命は断るまでもない。それを、ことさら短歌にかけて歌う必要はない。しかし、私は歌ってしまった。それが血の吹きでるほど恥ずかしい。

これが、私の最も嫌悪して止《や》まなかった、同情を乞う歌の形態になっている。自分から約束を破ったのだから、その罪は大きい。

一九七四年四月二〇日（土）晴のちくもり

私はもう、すっかり元気がなくなってしまった。そんな中にあって、今月は短歌を五〇首書かねばならない。血も吐き切った感じだ。そんな思いまでして何故、「中城《なかじょう》ふみ子賞」の三〇首を揃《そろ》える必要、いや、意義があるのか。

それに、中城賞はほとんど女流が受けているし、勿論、北海道の歌人に占められている。東京の会員は二、三人しかいない。しかも私は男の作者。「辛夷《こぶし》」会員の九九パーセントは北海道の人たち。いわば私は他所者《よそもの》に当る。状況判断から見てどうも望み薄である。もしかしたら、中城ふみ子賞は女性だけのものかも知れない。

そんなことを考えると、歌材の乏しい環境下にあって、血を吐きつつ中城賞のための歌を書いている自分が、実は気違いのように思えてならない。気違いでもならなければ、とても月に五〇首は書けない。

仲間に訊《き》いてみると、彼らも歌ができなくて参っているという。出詠用の一〇首前後だけは何とか揃えて送っているが、とても自信の持てる作ではないらしい。いわば惰性で作っている状態と思う。しかし、彼らは写実派だから、第一発見をそのまま作品にできる。私の場合と全く異なる。私は、他人が想像できぬほど改作に改作を、推敲に推敲を重ね、結局原型をとどめぬぐらい、翻弄して壊してしまう。

これほど血を吐かないと納得ゆかない。確かに異常である。これが気違いと言う所以《ゆえん》である。

一九七四年五月一〇日（金）くもり

人間が人間を愛することの難しさを、転房後、運動メンバーが入れ替りになって、特に強く感じるようになった。といっても自分のことではない。私はいつも傍観的立場に置かれている。あっちへ行ってもこっちに来ても、他人の悪口を聴かされている立場なのである。これは苦しいことだ。

私は誰かから噂《うわさ》されているやも知れないが、私自身は他人のことは言うまいと心に銘じている。あるいは話につられ、ふっと口に出ることがあるかも知れぬが、しかし、噂はするまいと努力していることは確かである。罵詈雑言《ばりぞうごん》を聴かされつつ、頷《うなず》くことだって本当は恥ずべきことと思う。

死は近き者の生き様《ざま》を、まざまざと見せつける。本当に何故、お互い憎しみ合わなければならぬのだろう。悪口を言い合って、心が晴れるのならば、実に怖ろしいことではあるまいか。

わが清雅なる、この胸のうちは、醜い人間社会に対処する術《すべ》もなく、小さく震えている。

いけないことであるが、人間誰でも持つ好奇心のため、ひとの悪口を聴く耳が、哀《かな》しきかな、冴《さ》えてしまうのである。勿論、疎《うと》ましいときもあるが。確かに此処《ここ》は、鉄格子《てつごうし》と金網によって厳重に隔離された別世界ではあるが、人間の本来の生き方というものを取上げてみれば、娑婆も監獄も変るものではない。

誰が何を言おうと、人には愛が必要だ。愛なくば人類は存在し得ない。イエスはやはり神の子だった。

また私は、仲間たちが〝生への執着〟を日々にまして、募らせていることを、肌で感じさせられた。そうか、それが本当の人間なんだ、と頷いてしまった。無気力な私などは例外なのだろう。死刑囚――という前に一個の生命体、人間に違いない。逞《たくま》しく生きている周囲を、ある時は、羨望の眼差《まなざ》しで私は眺めている。素晴しい生本能に祝福あれ！　そして私の分も生きて欲しいと思う。心から。

私のような現在の心境で、この生活を送るのは大変不利だということを、自分で知っている。だけれど真実は、いつまで生きるかではなく、どのように生きるかなのである。人々は、それを見誤っている。しかし、それぞれの人生観があることにも注意したい。

一九七四年五月一四日（火）晴、時々くもり

「潮音」という大結社を通して、いかに多くの人たちが私の歌に注目しているかを、本日またもや思い知らされた。

関西地方のある、潮音支部歌会の歌誌を送って頂いたのだが、それに拙作が歌評に採られていた。歌評に採用されたからこそ、わざわざ御送本下されたのであろう。世の中

には、いい人がほんとに多いと思う。また、地方の人たちは私の事件を余り知っていないので、という事情もあるだろうと考える。

私自身、短歌結社を選ぶ際、東京を所在地に置く結社を避けたのである。それがあってかなくてか、やはり、東京の人は私に一歩も近づいておらないようだ。それは、私の事件を知っているからである。そこへゆくと地方の方は、何も知らないがゆえに純粋である。私は別に、親切を乞うつもりはないが、こうして思いがけず、歌誌などを頂くとそれは嬉しいと思う。ただ、願わくば一人でも多く、自分の事件を知らないで欲しい。過去の遺物を思い出す人がゼロになってほしい。

特殊な環境にいる、一人の短歌作者として見て貰《もら》えればそれでいい。いや、そうして欲しいと思う。だから自分も、あまりおろかしい歌い方は、控えねばならない。

一九七四年五月一九日（日）晴、二二度

それにしても思うのだが、我々の現在のこの生活、どう考えても〝浪花節《なにわぶし》〟である。涙も出ない。

人を殺したので、自分も殺される――それ以外に一体なにがあるというのか。要は「死ぬこと」が問題ではない。「生きること」も必要はない。

たった今の、この瞬間に意味があると思える。その意味において、私などはだから始終後悔している。

最近、仲間が処刑に曳《ひ》かれて行くのを見ても、少しも緊張することがなくなった。中には昂《たかぶ》ってしまう者もいるようで、これはつまり内在的に同情することなのだ。その点私は冷酷なのだろうか。とまれ、それが信仰心から表れるものだ、と語り聞かせても信じる者は、ほんの一握りに過ぎないだろう。

一九七四年五月二四日（金）薄ぐもり、二四度

一八回目の昼食会を無事終えることができた。年六回の催しものだから、私ももう、刑確定後三年を経過したことになる。早いものだ――などと、これまで数十回も書いて来たので、もう書きたくもないが、しかし、いつもいつも実感として残る。

遺書などはやはり、遺《のこ》すべきでないと考え、いままでのものを皆処分してしまった。

譬《たと》え、毛筆でもってしかも、候文《そうろうぶん》で綴《つづ》りしゆえにかっこがいいとは言え、ただそれだけのことである。

自分としては、毎夕の祈りの中で、あの人この人にお別れを告げているつもりである。それを改めて文書に遺す必要はないと深く考えた。もっとも、処刑前夜の一宿は、どこか離れた部屋で過ごさせる習わしになっているようなので、その部屋でゆっくり辞世の歌や、お別れの手紙をしたためることができると考えている。だいたい、処刑前夜の気持をいまから整理できるはずがない。

人間はその場面に立ち向ってこそ、はじめて自分を理解できる。物事を予《あらかじ》め準備しておくということは、裏を返せば、いつも何かについて、思い煩《わずら》っていることになると思う。不本意である。

一九七四年五月二六日（日）晴のちくもり

たとえ捨て台詞《ぜりふ》と言われようと、歌集の「あとがき」に、抜群にカッコいい短歌との訣別《けつべつ》の言葉を残して、きっぱり歌とお別れできたら、何と素晴しいことだろうと頻《しき》りに思う。

しかし、肝心の歌集刊行の見通しがつかない状態では、やはり独り慰めに過ぎない。ああ、ああ、金は一〇万しかない。それで歌集はできそうもない。イエスは金に無縁の人、私を助けてくれる望みはない。

一九七四年五月三一日（金）雨のちくもり

神に感謝する気持ちは、誰にも負けないと思う。今日も神を崇《あが》め、神を喜びつつ夕昏《ゆうこん》を迎えた。私たちが神を愛せるはずはないのだ。神が無条件に我々を、愛して下さるのである。

いったい人々は、何が不満だと言うのだろう。何が頭に来たと言って、始終、ぐじぐじ吐くのだろうか。

私たちは許々《もともと》、無一文でこの世に生を受けている。人たちは大切なことを忘れている。いや、社会意識が全くない。誰もかれも神から離れ去っている。

自分が死刑囚であることが、いったいどういうことなのか、一度でも考えてみたことがあるのだろうか。
今日、さつきの植木を鉢ごと皆んな一個ずつ頂戴《ちょうだい》した。長生きはするものだ、とつくづく思った。独房に緑が入りとてもすがすがしい。これだって教育課の御好意によるものではないか。それを何故、変な勘繰りをして素直に歓《よろこ》べないのか。この舎は、不信と不満に充《み》ちている。

一九七四年六月二日（日）薄ぐもり
もし自分の短歌集が出来るならば、私は最低の希望として、写真二葉の挿入を願いたい。
一枚は私自身の近影。あと一枚は故郷最上川《もがみがわ》の写真。しかしこの二枚共いま私は所持していない。持っていないけれど、何とかすれば何とかなる二枚である。
まもなく梅雨に入る。そうすれば川の水嵩《みずかさ》も殖《ふ》え、最上川の堂々とした流れを、写真に納めることができるのではあるまいか。「さみだれをあつめて早し最上川　芭蕉《ばしょう》」それをどうやって叶《かな》えるか、いま真面目《まじめ》に考えている。

一九七四年六月一一日（火）雨

正直のところを申しあげると、あまり手紙を書きたくないと思う。最後の晩のことを考えると憶劫《おつくう》になる。また、何となく憂鬱《ゆううつ》になる。というのは、親しさを深めて交っておれば、どうしても最後の晩に、お別れの便りを記さなければならぬはめになってしまう。今生《こんじょう》の別れの挨拶を何通も何通も認めるなんざ、どう考えても様になるものではない。私という人間は、拘置所《こうちしょ》生活第一日目からにして、独りにはなれない運命のようであった。相当数の人々がかかわりを持ってくれた。私はそれを、斬《き》って斬って斬りまくったつもりであるが――。このように書くと表現が乱暴になるけれど、お世話になった方たちのことは、勿論、あの世までも忘れはしない。また、最後までお世話に与《あず》かる方もいる。だけど、そうでない場合は、これにて縁を切りたい気持も持っている。というより、かなり前からその気持だったようだ。何故かと申すと、私はもう普通の人間ではないのですよ。一日でも多く生きればそれが即《すなわ》ち、恥になるだけなのです。

一九七四年六月一六日（日）快晴

私はいま、自分の信仰を完璧なものにしたいとは思わないし、また、できそうな気もしない。私の場合、最後のその日こそ、自分の価値が決められる日だと考えている。そこへ到達する過程においては、実に様々なことが起きるだろう。いや、起るはずだ。それまでは、パーフェクトなどあってはならない。

自分は現在、信仰に躓いているとは思っていない。ただ、自分自身の性格からくる問題を処理する段階において、予期せぬ試練に遭遇したり、圧力に突き当ったりしている。たとえ今日がどんな日であろうと実際は、いささかも私の心中が侵される性質ではないのだが、それを意識するところに、私の弱さがある。しかし今さら、人間が図太くなってどうなるというのか。

――それから、人間どんなにおちぶれ果てても、決して書いてはならない一言がある。にも拘《かか》わらず、書きたくてうずうずしている。

一九七四年八月三〇日（金）くもり時々晴

数日前、思いがけなく私の短歌を読んだという人から手紙があった。差出人は作家の加賀乙彦氏である。今日は加賀氏への返信を写してみる。短歌のことになるとついつい語り過ぎてしまっていけない。

加賀乙彦様

思いがけぬお便りに与かり、嬉しく拝見いたしました。

また、御高著まで賜わり、心より厚く御礼を申しあげます。これから暫《しば》らくの間愉《たの》しむことができます。

私だけかも知れませんが、短歌にも近年になってからよく表われているように、望郷の念が募ってなりません。この〝望郷〟というやつは、振り払っても払ってもどうすることもできない時期があるものです。いかにも私らしいです。

私の短歌を読んで頂いたそうですが、御高名な先生にお目を通して頂いたことを、大変うれしく思うと同時に、また恥ずかしくも思います。あれでも自選して、少なからず削っているのですが、ほんとうはもっと削る必要があるのです。私は作歌態度が、島秋人氏と異なると思うゆえに、お見せしたくない作品も何十首かありましたのです。ただしかし、先生が御専門でないゆえに、救われた気がしないでもありません。

私の短歌の先生で「潮音」の主宰者の太田青丘《せいきゅう》先生は、東大卒なのですけれど、その先生に社会詠を歌わせたら天下一品だと思い、自分も愛誦《あいしょう》して来ました。それで、短歌作者としてやはり、この世智辛《せちがら》い世の中に、無関心でいるのは可笑《おか》しいという訳で、自分でも詠んで来た時期があるのですが、どうも私の出る幕ではないようなのです。いつしかぷっつり辞めてしまいました。それに何より、読者が求めていないのです。つまり、死刑囚は監獄の中だけを歌っておればよいのだ——という、声なき声がする訳です。しかし私は、境涯の詠嘆だけが短歌だとは考えていません。短歌など〝夢遊び〟の所産でいいのだ、と叫べば叫ぶほど〝いのちに迫った〟歌ばかり出来てしまいます。どうもいけません。

前衛短歌の親分、塚本邦雄《くにお》氏は「短歌に幻想を求める以外に、外にどんな使命があろう」と断言するとき、この言葉に痺《しび》れる自分を意識するのですが、ひと様に言わせると「死刑囚が何を言っているか」と叱《しか》られる訳なのです。この辺のところは、『遺愛集』と正反対の流れを持っていると思います。

一度でいいから、愉しくてならぬ短歌を作ってみたいものです。巧拙《こうせつ》を別にして、実に血を吐く思いをして、一首に与かっている始末です。

加賀先生は、此処小菅《こすげ》の東京拘置所に勤められたことがおありとのこと。我々がいる建物は、池袋当時の分がそっくり同じ規模で新築されて移ったという感じです。

自分の犯罪からして、どうも無関心でいられないことの一つに、最近のローティーンによる数々の爆弾事件です。精神科の先生方なら、一般市民の感覚による〝気違い〟では片づけないと思うのですが。それに私の時もそうであったろうが、学校側の「知らなかった。信じられない」「――まさかあの子が」と、皆申し合わせたような態度が、何とも奇妙に面白く映ります。

まだ、書き足りない気持を残しながら、これで筆を擱《お》きます。

乱筆乱文にて失礼申しあげます。さようなら。

一九七四年九月六日（金）くもりのち晴

此頃《このごろ》は毎日どうにか生きているといったところで、どうも沈滞気味だ。

いま私は室内で請願作業をやっている。別にいまさら始めることはなかったのだが、転房して隣になったじじいが、日に何度も何度も窓越しに向う隣の連中と、エヘラエヘラと話しばかりやっているので、こちらはうるさくて叶わず、勉強も読書もさっぱりできないのだ。それで、手先でやる仕事でもやっていれば、それ程頭に来ないだろうと思ったのだが、全く駄目だ。だいたい処刑順番から言って、あのじじいが私の隣に入る訳はないのだが、此処のやることが理解できない。やつは部屋の中でも始終、化け物みたいな気味悪い声を発しているし、窓、扉はガタガタ閉めるし、担当に言って貰《もら》ってもてんで嘗《な》めている。私が丸太棒で一度じじいをかっとばして、しばらく罰則房で暮したほうが、どんなにせいせいするだろうか。まったく気違いめが。私は人一倍神経質な性なので、ひとの迷惑など全然考えない、あの莫迦《ばか》のせいでまもなくノイローゼになるだろう。

おかげで私の信仰心はいまゼロになっている。

一九七四年九月八日（日）快晴

絶好の行楽日和、秋日和。私は牢屋で糸通し。わが作業など洒落《しゃれ》にも川柳にもならぬ。今日は大きな収穫があった。「潮音」へ送る作品を七首作って、発送準備ができたからである。これまでのように、まどろこしい遣り方は止めにした。さっと作って、さっと推敲して、さっと清書して、さっと送稿する。最初の閃《ひらめ》きを大切にする主義に替えた。つまり作業中心の生活に合わせなければならぬからだ。以前の如《ごと》く、たった一首の歌に一日もかかずらっている、そんな遣り方は、間違ってもできるものではない。

「掌《てのひら》の文鳥」

朝焼のむかうに浄土は見えながら鬱鬱《うつうつ》として獄窓《ごくそう》に佇《た》つ
重き目覚め課せられてゐる如くにもとぎれて祭日の起床ベル鳴る
夭《わか》き死をほこらかに言ふかたへにて来年も播《ま》かん花のたね採《と》る
血の記憶すこしのこれる掌の中に食ひ足りて文鳥は無心にねむる

（「潮音」一九七四年一二月号）

一九七四年九月九日（月）くもり時々強雨

三浦綾子《あやこ》さんの文章を、久方ぶりに読んだ。どうして私はいちいち、氏の文章に魅《ひ》かれるのだろうか。すばらしい。一行の無駄もない。一字一字がすべて、私の心に突き刺さる思いである。

丸谷《まるや》才一《さいいち》氏は文字の大切さを語っていたが、とかく日本人は、だらだらと無駄な文章を綴《つづ》る傾向にある。そこへゆくと、短詩型文学を志す者は、比較的に文字の無駄が少ない。現実的な人間は、短い文章で物事を済ませるし、抽象的な表現を行う人間は、文章を書かせても非常に長い。いわゆるクドいというやつだ。

言葉はできるだけ短く抑えて、伝達すべきである。歴史仮名の時代に比べ、現代は何と言葉に無駄が多いことだろうか。

一九七四年一一月五日（火）雨のちくもり

加賀氏からの三通目の手紙に返信を認《したた》めた。正田昭と親しい加賀氏もカトリック寄りの人でキリスト教の信仰を是とする人なので、話がつい長くなる。短詩型文学の人間は文章の無駄がないと書いたあとで、話が長くなるというのは矛盾だが、「親しみを籠《こ》めた文章は長くなる」と追補したい。

加賀乙彦様

お手紙拝見いたしました。ありがとうございます。

文鳥は大分大きくなりました。もういたずらを覚えてしまって、作業の材料を散らかし、手にまつわりついて大変です。お天気の日は彼女も嬉しいらしく、陽の当る位置を占めてひとりたわむれています。此処は以前の池袋プリズンと違って、この季節になると独房に、一〇時頃から一時頃まで陽が射してくるのです。夏期は太陽が真上を通ります。だからよくしたもので、動物も植物も太陽を欲しがるものです。

寒くなると請願作業も、死ぬより辛《つら》く思うこともありますが、始めたからには最後までやり遂《と》げねばなりません。夜間もコツコツやります。月三回ずつ全納するには、昼間だけでは間に合わないからです。やっている時は夢中ですが、終ったあと振り返って

「何と馬鹿馬鹿しいことを俺はやっているのか」といつも思います。それでもやらねばなりません。それだから人生って面白いのでしょう。五個買った栗《くり》まんじゅうを、一晩に一個をおやつに食べて仕事の手を動かす――。

この光景をかつて、自分で想像できただろうか。運命のいたずらとか何とか言う前に、とにかく悪いことはできません。譬《たと》え、砂をかんでても娑婆で生きて行けるはずなのですから。新聞の社会面を広げれば必ず殺人の記事が載っています。バイブルは「汝、殺す勿《なか》れ」と教えているのに、何故、人々は殺し合うのでしょう。もっとも私は、社会面のそういった記事はほとんど読んでいませんが。ただ、その割にといっては何ですが、死刑囚に確定して入ってくる仲間がとんと少ないのは、やはり、裁判官が時勢に適《かな》った判決を行っているから、ということでしょうか。

先生が気にかけておられる正田さんが同じカトリックの遠藤周作・曽野《その》綾子両氏のことを、度々書いておられるのと反対に、わがプロテスタントの三浦綾子さんを誇りに思っています。実践的というかこの方ほど、伝道活動に即して書いておられるキリスト教作家は、他に見受けられないと思うのですが。どうして女性牧師にならなかったのでしょう。やはり理屈抜きに、本当に神と共に在るからなのでしょうね。あの信仰に少しでも近づきたいと希《こいねが》っているのですが。

今日はこの辺でお別れします。御自愛下さい。またの日までさようなら。

一九七四年一一月二一日（金）晴

先月、定期転房も済んだ。私は一ヵ房移動しただけだが、くだんのお方（前は化け物なんて呼んでいたのに）は一一ヵ房も移って、あっちのほうへ行ってしまった。懸念されたことが見事に解決した。何と素晴しいことだろう。そして人間は何と罪深いのだろう、自分勝手で。いずれにしろ、あっちのほうで、イッヒッヒヒとやっている。前に、信仰心がゼロだというようなことを書いたが、あれは私の一種のポーズだった。すみません、神様、お許しください。

一九七四年一二月二八日（土）くもり

この境遇よ。どうにもならぬこの境遇よ。哀れなるかな。いかに満たされまた平安であろうと、私の精神を束縛して止まぬこの境遇よ。死の意識に拘《こだわ》りなく、私を支配するこの境遇よ。前後左右どこを向いても、吊《つる》されている境遇よ。死を超越しても境遇よりの、脱出は不可能だ。

一九七四年一二月三一日（火）晴

大晦日《おおみそか》。過去の一年を振返ることは、いまさら無意味なことであるが、明日のために反省の時間を持つことは、決して無駄ではないと考える。反省だけが人生だ！

結果的には、この一年間も生き延びて来たわけだが、私の神経からしてのうのうと、胡坐《あぐら》をかいて来たわけではない。恥ずかしながら生きてまいりました——のである。

こんな私を見て人は何と言うか。嘲笑するだけだろう。無気力、無抵抗もここまでくれば、もはや天晴《あっぱ》れとは言えまいか。私はすべてに自嘲をこめて表現する外にない。ナルシストになれない自分であれば、どうしても致し方ない。

ところで、かりにも一人の人間を、一時的にせよ激しくそしったことを思うと、慚愧《ざんき》の念に駆られる。この前科は消えることなく私の心に残る。他人には関わりない。また知らぬことである。それだけに自己を懊《なや》ます傷は深い。問題が大きいから後悔し、小さいから早く忘れよう、とは言えない性質のものである。心に向う姿勢を正せとや。

北へ向けて飛ぶゆうぐれの雁《かり》を眺めながら、「殺人」とは何だろうと考えてみる。無論、悪いことだとは思うのだが、どうもこのペンを握っている同じ手から、血の臭《にお》いがしないので困る。それもそのはずだが、いわば血を知らぬ下手人《げしゆにん》ということか。それゆえに歌作において、本来なら忘却に努めるべきはずの「罪」や「血」を掘りおこそうとしている。草や木を歌っても、心は罪性から離れない。むしろ、強いて「罪」や「死」を絡ませようとする。ここで気がついたのだが私は、この生活でもっともっと苦しみを味わいたいのだと思う。しかし、これは考えようによっては、逆にも受け取られそうだ。苦しんで悦楽しているほど、私は暇ではない。

短歌だが、所属結社の昇格が気になってばかりいて、あまり努力しなかったように思う。そう言った自分の思惑とは裏腹に、読者は依然として、かかる特殊生活者の歌に注視しているらしい。気の重いことよのう。ただ、その意識を振り切らなければ、己れの歌は生れない。

結論——いずれにしても死からは一歩もはなされない一年だった。

一九七五年一月一八日（土）晴

「死（death）」は待つものではなく、迎え撃つものだ、という考えのもとに日々を送っている。それが「死」に支配されないためのコツである。勿論、信仰を伴わねばならぬ。

一九七五年二月二五日（火）晴　南風吹く

午後、春の風が吹く。この季節がいちばん微妙。吹く風によって真冬に戻ったり、初夏を思わせたりする。南風と北風の違いが、そのまま季節の分れ目を表す。

運動の時、金網にもたれてしばらく獄庭を眺めていた。囚徒らやその他の動きを観察していた。にも拘わらず発見は得られなかった。そう、短歌の材料になるものは、もはや何もないのである。余りにも平穏無事な光景である。精神的な苦痛といえば、歌作のことが一番であろう。悪くすれば生活そのものに影響を及ぼしてくる。私たちにとって短歌とはいったい何なのだ。最も根源的な問題に突き当った。この苦悩を除くことから先《ま》ず、明日の生活を考える。

一九七五年四月一五日（火）晴のちくもり

加賀先生に、先日初めてお会いした。物静かな人柄だった。短い時間だが愉しいひときを過ごした。

金網の面会室と違ってここは硝子《ガラス》越しだから、お互いの表情はよく見分けられる。こちらとしては金網のほうがよいのだが。顔などは不鮮明に見えたほうがよい。

知らない人たちとの面会ならば（といっても、未知の人には会わせるわけがないのだから、この場合、私がここへ来てから知り合った人たち、ということになるのだが）正直のところこちらも余り気を遣うことはないが、もし以前の同僚とか郷里の人たちであったならば、私はとても会見の時間には耐えられないだろうと思う。私はおそらく誰にも会うまい。

一九七五年四月二〇日（日）薄ぐもり

はや卯月《うづき》も三分の二を過ぎた。よくまあここまで歩んできたものだ。信仰にも祈りにも何もかにも躓きながら。人間は躓きながら成長してゆくものなのだろう。とにかく今日まで生きてきた。その実感だけがこの夕暮を青くする。これまでの歩みが無駄であったとは思わない。人間は一度は死ぬ。しかし、どう死ぬかではなく、どう生きてきたのかが問題である。それを省略してはあすが始まらない。いまの心境として忘れたいことが一杯あるように思う。実際には今日一日の整理で四苦八苦の態《てい》だが——。

今日はここから加賀氏への返信。

加賀乙彦様。

お手紙と金子《きんす》五〇〇〇円ありがとうございました。

心よりお礼を申しあげます。これで二ヵ月半は働かなくても、それだけの収入が得られた、という計算になるのですが、どうもそうは言っていられず、きょうもぼちぼちやっています。

きょうは日曜日です。先生も御存知のいわゆる免業日というやつですが、請願作業方式のわれわれには、日曜も夜間もないといった明け昏《く》れです。

私はきょうの日曜は一番嫌いです。というよりもう、恐怖に近い厭《いや》な休日です。というのは、毎月短歌の〆切りは一五日なので、その日に最も近い日曜日に、出詠作品七首をまとめて翌月曜日に発送しなければならないからです。大抵第二日曜に当ります。勿論平日に準備しておいても構わないのだが、これまでの習慣で平日は集中力がありません。気ばかり散って駄目です。休日はラジオを除けば全く静かで、点検以外は扉も開きません。第二日曜日は呪わしいぐらいです。血を吐く思いで何とか七首を制作します。そんなに苦しければ欠詠すればいいと言いますが、止めるのは簡単、しかしそれが慢性化されたら、そこで一巻の終りです。

一時、二つの歌誌に投稿していました。一方の〆切りが一日だから、これでは月に二回ずつ血を吐かなければならない。それよりも何よりも、曲りなりにも一〇〇〇首も作るともう、ネタ切れになってきました。実に生活が単調で全く発見（短歌で言う〝直観〟）がなく、思考だけでは作品にまで昇華できません。それでも私の場合は、短歌は詠むものでなく作るものだ、という信念からかなり「虚」を入れているつもりです。恐怖の日曜日（？）に七首をゼロから始めるわけではなく、それまでに原歌というものが、用意されていることはいるのです。しかし、それをいじくり回して最後は、原形をとどめぬまでに推敲するのが私の主義なのです。

終局は象徴とする理想に沿わなければ、いくらでも直します。活字になったものを見るとがっかりします。要するに当り前のことしか、表現されていないからです。私は短歌に「あそび」が必要だと思っています。それがいわゆる「虚」をとることです。また「あこがれ」も随分取り込んでいますが、どうしてもなまではいけない。そこに比喩の活用が生れてくる。暗喩を抜きにしては、短歌は作れないと思います。ただ、短歌に托《たく》した自分の心というもの、読者になかなか理解されないものです。何を言わんとするのかより、何をどう言ってしまった、だけをとられる。

面会のことをお書きでしたが、私のほうは少しも迷惑なことはありませんので、一言書き添えてもらいました。

それではきょうはこの辺でお別れします。

9

天国と地獄

朝月を指差す死囚のかたはらに月より白き冬薔薇《ばら》にほふ
刑にたつ日まで学ばん重ねたる書物のなかの遺書はみだせり
拇印《ぼいん》して処刑の契約済ませしがふと思ひ出《い》で指の朱ぬぐふ

私は旅立つ日を長く待ちすぎている。いまは書くものといえば、短歌と加賀乙彦《おとひこ》氏への手紙ぐらいになった。

一九七五年五月一日（木）くもりのち晴

加賀乙彦様。

お手紙拝見いたしました。先生はいつも、いろいろな記念切手を貼《は》って下さるので、私は珍しい切手を（むろん使用済）貯めているために、あれはとてもうれしいです。大分集まりました。

頂いた御著書二冊は読了しました。大変面白く拝見しました。

中城《なかじょう》ふみ子の『乳房《ちぶさ》喪失』は古本屋でも見つからないとのこと、おそらく角川文庫版でも発見不可能と思います。それだけの確信があってなおかつ歌集名を申しあげたのは、むしろ発見された場合先生に一読していただきたい、という気持がふと湧《わ》きあがったからです。生への執念のような歌集で――。

話題は目まぐるしく変ります。次に短歌入門書のことですが、悦《よろこ》んでお勧めしたい本があります。何よりも「あなたの流派ので結構です」と仰《おつしや》ったことが非常にうれしいですね。だいたい、人々は短歌というと「アララギ」そして写実と言います。斉藤茂吉《もきち》を歌の神様の如《ごと》くたてまつっている姿勢が何としても癪《しやく》である。特に茂吉と同郷の歌人などは、もう大変なものですが、同じ郷里の人間として私は大嫌いです。人々は余り知らないでしょうが、山形には偏屈な人間が多い。（私もそうだと言われているが）その代表に当るのが茂吉だろうと思う。確かに最上川《もがみがわ》の歌などは懐しいし、勿論《もちろん》近代歌人の第一人者であろうけれど、どうも好きになれない。山形の偏屈人間を厭《いや》というほど、見て来たからでしょうね。先生などは（こういう呼び方は大変無礼でした）同じ生業《なりわい》のお医者さんとして先《ま》ず親しみが湧くのでしょうね。しかし、茂吉の歌にもかなり象徴的（謂《い》わゆる「潮音」流の）な作品が散見できるのです。先生が御存知と仰る伊藤左千夫《さちお》を始め、左千夫の師匠の正岡子規《まさおかしき》、長塚節《たかし》、島木赤彦《あかひこ》、古泉千樫《こいずみちかし》、中村憲吉《けんきち》、土屋文明、茂吉等を人々は、短歌の本流を歩んで来た歌人として認めているところが、なぜか気に入らないと思うわけなのです。それならば、北原白秋《はくしゅう》、与謝野晶子《よさのあきこ》、吉井勇の浪漫派に親しんだほうが愉《たの》しい。

それはそうとして、さっきの入門書ですが、私が手持ちの『新短歌立言』を別便でお送りしたいと思います。『新短歌立言』はいい勉強相手で、実は未練もあるのですが思い切って手ばなしましょう。なあに、御心配には及びません。小説家の方に歌誌「潮音」の流儀を少しでも知って貰《もら》えれば、そのほうがずっとうれしいのですから。それから「潮音」の見本も、お届けしたいと思います。こうして書いていると、いかにも「潮音」に惚《ほ》れているみたいですが、ここだけの話ですが、私は実のところ「潮音」の歌は面白いと思いません。私は飽くまでも面白い歌を好むものですから。ただ、数百ある歌誌の中で、「アララギ」「コスモス」に次ぐ大結社に所属しているという自惚《うぬぼ》れと、潮音流から私の理想を汲《く》み取ろうという目的の許《もと》に、いまなお送稿を続けています。外から見たら当然かも知れませんが、私は欠かさず会費を納入して（これが負担なんです）単なる一社友として所属しています。ところが死刑囚の場合、ほとんどただで送本して貰っています。極端な者になると、こちらが作品を寄せるというので逆に小遣いをせしめている例もあります。勿論皆、主宰者か編集者と文通をしています。そこへ行くと私は全く無交流、つまり、ちっとも面倒を見て貰っていない、ということです。淡々と月々、手紙同封なしで出詠し、半年に一度ずつなけなしの金を会費に送っている、といった味気ないものなのです。正直のところ、面倒見て欲しいと思わないこともありません。なぜなら、人の話を聴いていると愉しそうだもの。これには尤《もっと》も、私が「潮音」を選んだことへの事情が絡んでいますが、また追ってお話ししたいと思います。それではさようなら。

一九七五年五月一四日（水）曇天

加賀乙彦様。

またお手紙します。薫風皐月《くんぷうさつき》、さわやかな季節になり、いまが一番過ごしやすい時のようです。そういった自然の恩恵とは逆に、私自身はどうも気が重い日々を送っています。周囲の動静が非常に気になって、煩わしいのです。隣の動きが強迫観念となって悩まされます。ますます人間嫌いが募るようです。こういう処《ところ》に長期間住んでいると、思考力や集中力が衰えてしまうのに、そのくせ一部のある神経だけが鋭敏に働いています。他人の強力な性格に対して、自分の無力な性格には情けなくなります。

書きたいことが一杯あるようで、なかなか整理ができません。きょうはまたまた念願の転房が行われましたが、どうも自分の望むようには行かないものです。とにかくも静かなうちに過ごしたいと思うのだが、これは贅沢《ぜいたく》なのだろうか。強迫観念から解放されるには、どうすればよいのでしょうか。精神科医としての先生に、ほんとうに心からお訊《たず》ねしたい気持です。「死」から逃れたいという気持はありません。これは見栄とかカッコよく見せたいというものでは決してなく、本心から周囲の雑念を消し去りたいのです。キリスト教では「祈りによってすべての苦悩から解放される」はずのものですが、これでいまの自分は祈りを求めれば求めるほど、強迫観念がつきまとう始末なのです。これではいけない、とあせればあせるほど泥沼に嵌《はま》ってしまう。こんなはずではなかった。ほんとうにこんなはずではなかった――。

死刑囚の棲《す》む処は獄の一角にひっそりと建っているもののように思われていますが、実はそんなことはなく、前からも後からも、左からも右からも、上からも下からも、見られる位置に在って、何かの場合は中心に向っていっせいに駆《か》けて来られる――ことになるわけです。だからして、静かなところであるわけがない。そういったことがさらに雑念を強めてしまう結果になるのでしょう。これぐらいなら構わないと考えて書きましたが、その後は、内部のことや処刑状況云々《うんぬん》については、もはや書けない情勢になって来ました。母に久しく出した手紙など、黒く消して忍びなかったけれど、「前は前、いまはいま」と言われればそれまでのことなのです。私は獄の悪口を言おうなどとは毛頭思ってはいません。また、内部の動きを（勿論、私たちのこと）詳しく書いてもいけないことも知っています。しかし、自分自身の意志表示はしなければならない。

ところで、頼んでおいた歌誌「潮音」は何月号が届きましたでしょうか。もう少し待って、五月号を送らせればよかったと思っています。というのは私の歌が、同号の合評に採用されていて、彼らが私の歌をどう見ているか、知って貰うのにちょうどよかったからです。この日曜日（一一日）も例のごとく、血を吐く思いで書き、送稿しました。前記のような精神状態でいて、よく作れるものだと何故か不思議なのですが、ここが一般長期囚と死刑囚の違いなのでしょうか。
それではきょうはこの辺で。さようなら。

一九七五年六月二二日（日）雨
加賀乙彦様。
六月二二日、日曜日。いちにち雨が降っています。なんとまあ、鬱陶《うっとう》しいのだろうと思います。
この間の手紙をさしあげた直《す》ぐあとに、中城ふみ子の『乳房喪失』を受取りました。どうもありがとうございました。彼女の歌は、あちらこちらの歌誌や歌書を漁《あさ》って、いくらか拾い集めましたが、こうして七五七首一挙に読めるとはさすがに嬉しいものです。

それも文庫版だったおかげで、他の『花の原型』まで目にすることができたのだから、人間どこで何が幸いするか分らないものです。

歌集名だけ分っていて、いつ誰が発行したのか不明で、入手不可能と諦《あきら》めていた『四人の死刑囚』が、自力でやっと捜し出し手に入りました。それで、読了とメモが済んだので、先生に差しあげるべくお送りいたしました。歌の技術面であまり参考にはならないと思いますが。だいたい作品が面白くないし、退屈です。それより、一九五七年当時の法務大臣が序文を書いていることのほうが、それがしにはずっと面白いと思ったわけです。

ところで「面白い話」があります。それは、北の丸公園の雑木林の中に廃墟《はいきょ》の如く建っている、元陸軍省庁舎の真夜中の探検の話です。いまもこの建物はまだ残っているのだろうか。あの頃は陸軍省とは知らなかったのです。同僚たちと皆で「お化け屋敷」と呼んでいて、下獄してから週刊誌のグラビアで陸軍省の建物と知ったのですから。試胆会のできるこの季節的にも印象が鮮明です。

それがしが娑婆《しゃば》における、最後の夏のことですが、自分が事件を起こしたあとのことで、日野市の自宅に帰るのも億劫《おっくう》になり、九段下に在る工務店の宿舎に泊り込んで仕事に出ていたのですが、夜になると仲間に誘われ、連日街に遊びます。大抵は神保町あたりです。支出がかさんでそれではいけないというので、他の仲間と見つけた夜の遊びの穴場は、さっきのお化屋敷の探検だったのです。森の中に聳《そび》える広大な建物ですから、それは大変なスリルに満ちています。東京にどれだけ物好きな人間がいるか知らないけれど、元陸軍省の建物を試胆会に利用した人は他にいるかしら。

さて、そこで何が面白いのかと言うと、当時そこが陸軍省の庁舎であることを知らなかったということです。兵隊の亡霊が出るということです。この意味がお判《わか》りになれますかしら？　その他に、靖国神社《やすくにじんじゃ》の公孫樹《いちょう》の木に登って銀杏《ぎんなん》を捥《も》いだり、裏の池から亀を捕えて来たり、なぜか悪さをしました。それを実家の母に語ったら、「自分の父親が祀《まつ》られているお社《やしろ》なのに、お前は何ということをするの」とひどく叱られたものです。

それから、瞼《まぶた》を閉じるともう一つ記憶の鮮明な出来事があります。それは、一九六〇年一〇月一二日、日比谷公会堂で浅沼稲次郎《いねじろう》氏が刺殺された日のことです。あの時ぼくは皇居の中で仕事をしていたのですが、それは四谷側の半蔵門から出入りしたのです。

それは、毎朝夕の門での検査がうるさくて、大工の道具箱は勿論、弁当の中まで検《しら》べられました。皇居の中は山あり川ありといった具合で、あれじゃ狐《きつね》や狸《たぬき》も棲んでいると思ったものです。ああいう大きな事件が起きるとやはり、中でも一瞬空気が引きしまるという感じなんですね。それだけならいいが、あの犯人・山口二矢《おとや》はぼくと同じ年齢の少年だったということが、あとあとまで強く印象に残っていたのです。

だいたいぼくは、自分と同じ昭和一八年生れの人間に関心を持っています。なぜだろうか。それがしたちは勿論、戦中派ではない。しかし、戦後派でもない。戦後派と言う人たちがいるかも知れないが、戦後派とは呼びがたい。この戦後無自覚微妙派は、ともかく一切が中途半端なんです。終戦の年が数えで三歳です。何という微妙な年齢でしょう。

天皇の栖造《すづく》りに少しでも従事した人間が、こうして今日のいのちを愛《いとお》しむ身の上にあるとは、やはり面白い運命だと思うのです。いやに〝面白い〟を連発しましたが、結局それがし独りで面白がっているのかも知れませんね。ひと様がみたら、ちっとも面白くないかも分らんな。

いちにち雨降りではかなり応《こた》えます。平日だったら運動が休みで、うんざりするところです。仕様がないから文鳥をたっぷりからかって過ごしました。朝顔はかなり伸びました。こんな境遇になってしまい、自分の芽が出せないものだからせめて、朝顔の芽でも出させてやろうと思ったわけです。

ところで先生は「ベランダ菜園」とかいうものに興味ありませんか。いま流行《はや》っているそうですね。雑誌で見ましたけれど、トマト、ナス、キウリなど仲々立派に育っていましたよ。一昔か二昔前は誰も考えなかった。何という人間社会の変貌なのでしょう。今日はこれでお祈りして寝ようと思います。それではお休みなさい。

一九七五年七月九日(水)晴

加賀乙彦様。

きのうきょうとよく晴れました。雲ひとつ見えません。

きょうは風が強くて大変でした。室《へや》が埃《ほこり》だらけです。

お便り拝見いたしました。人間はやはり忙しいほうがいいのだと思いました。私のように追われるものがなくなると、人間としてもっとも寂しく感じます。私は「死」に追われているとは思っていません。逆に追いかけているつもりで、自分は生きております。

歌集の件、私は散文等との抱き合せは考えていません。これは以前にも福島先生に、再三申しあげたことですが、短歌一本では不可能なら、もう作らなくてもいいのです。歌集というものは、筆名のみで成り立つから好都合なのです。やはりこれ以上恥晒《はじさら》しはできない、と一応は考えます。また、自分には肉親がいることも考えないわけにはまいりません。

それではこの辺で失礼します。さようなら。

一九七五年九月八日（月）晴

加賀乙彦様。

はじめに、面会の折の差入れの御礼をもうしあげます。食品は缶詰八箇と丸チーズを。翌日は御金子五〇〇〇円拝領いたしました。これは誕生日のプレゼントと思い、悦んで頂戴《ちょうだい》いたします。

面会室ではバカみたいに独りで喋《しゃべ》って、還ってから非常に恥ずかしく後悔しました。男は余り喋るべきではないのです。というのは周囲に口数の多いものがいて、いつも軽蔑しているからです。ではなぜ自分が喋りすぎたのか？　それは、ここではほとんど喋らないからです。とにかく私はもう厭《いや》になりましたね。生きることのわずらわしさがです。運動に出れば時間目一杯、同囚やその他の人の悪口と憎しみを聞かされ、房へ還ればこんどは両サイドから、窓越しに同囚や職員の悪口を毎日毎日同じことを聞かされる。勿論私は喋りません。新舎は窓が大きいので、隣近所の声がびんびん聞こえます。まったくうるさい。そして腹が立つ。誰だって不平不満はあるだろうが、それを口に出さないのが人間の分別なのです。たとえテレビや映画が一回少なくなったからといって、それが我々に何の悪影響を及ぼすというのか。

もともと我々は、裸で生れて来てまた、裸でかしこへ帰って行くのです（ヨブ記）。むろん下獄した時は無一文であった。いまこうして生かされていることに、何よりも感謝しなければならない。まして、食うことや観ることや動くことなどのたのしみが、行事として組まれている。一体、何が不満で逆らったり、皮肉ったりするのか。「どうせ死ぬ身なのだから、もう少し何とか――」ということが、もう甘ったれているんだ。そういう不満の声や悪口など、たしかに直接私には関係がないけれど、それらを聞くとなぜか腹が立って、自分の信仰がどうなってもいいほど、憤ってしまうのです。しかし聖書は、「汝《なんじ》ら怒るとも罪を犯すな、いきどおりを日の入るまで続くな」（憤ったままで、日が暮れるようであってはならない）（エペソ四：二六）と言います。

私自身は、集会があればのこのこ出て行くけれど、でも行事の恵みがなくても、何一つ不満はないです。第一、長期の未決囚は、そういう恵みは何もないのだから。しかし彼らは言います、「やつらは娑婆に出られる望みがあるんだ」と。だが、人間とはそういうものではないんだ。食べたい観たい――の欲望は、死刑囚も明日釈放される服役者も未決囚も変りがあるものか。殊さら自分たちの境遇を棚に上げたいのだ。それが〝甘え〟というのだ。無駄なことを長く書きました。私も言葉が多いようです。

七月四日、一七日、九月一日（速達）受信の三通読み返してみました。七月一七日のお手紙に、聖書のことが書かれてあり、こういうお話は愉しいです。イエスの行動にエラーがないと仰るが、まったく同感。私も初めは捜した。イエスが弟子《でし》や他人の質問に答えるときは、必ずと言っていいほど、譬話《たとえ》を用いて答えに替えている。「それはこうなんだ」とは絶対に言わないし、「イエス」「ノー」とも言わない。しかし、自分が教えるときは、「イエス」か「ノー」だけ返事しろと語っている。

加賀先生はバイブルを何種類かお持ちのようですね。私も五種類あります。文語文、口語文、新改訳、英語訳、ヘブライ語訳です。仰せの通り新改訳は風格がない。だらだらしている感じです。ぼくもやはり文語文を好んで使っています。あの重厚感が快い。ぼくのは明治三九年に、神戸の英国聖書協会から発行されたものです。だから、先生のよりは遥《はる》かに古いですよ。文字が黒ずんで見えないほどです。ヘブライ語訳は、日本語訳みたいにすらすら読めるわけではありません。それに今ではもう、手紙ではヘブライ語の勉強ができぬほど厳しくなりました。ヘブライ語でちょっとした、挨拶単語も書けなくなったし。ヘブライ語を暗号に使おうなんて料簡《りようけん》は持っていないです。だいいち、受取るほうがいずれの国の言葉か知らないのだから。

ところで、文鳥の三兄弟が別荘で遁《に》げられたとか、残念ですね。私は自分の小鳥のように口惜《くや》しいです。どうして油断されたのかしら。また、山にはリスなども棲んでいたとか。避暑前に伺っておれば、リスの捕え方を教えたのに。リスを飼うととても面白いです。

さて、面会室で話した歌集の書名『死に至る罪』は、パウロの書簡から取ったのではなく、ヨハネの手紙の誤りでした。すなわち、「人もし其《そ》の兄弟の死に至らぬ罪を犯すを見ば、神に求むべし。然《しか》らば彼に、死に至らぬ罪を犯す人々に生命を与へ給《たま》はん。死に至る罪あり、我これに就きて請ふべしと言はず」（ヨハネ第一書五：一六）から取ったのです。歌稿は回送して貰うように依頼しておきました。先ず読んで頂くことにして、今日は書くのを控えます。ただ、短歌への姿勢みたいなものを、何枚か書かなければならないとは考えています。しかし、前述の如く書ける精神状態ではありません。転房したら書けるでしょう。それではきょうはこの辺で。さようなら。

一九七五年一〇月三〇日（木）雨

加賀乙彦様。

雨模様の日が続き、秋らしくないこの頃です。

私はこうして精神科医の博士殿と文通していながら、その自分自身が拘置所《こうちしょ》の、精神科の診察を受けるはめになりましてね、いま薬を貰って服用しているのです。皮肉といえば皮肉な話なのだが、現実はそうなってしまったのだから仕方ありません。精神科医の面接を申込んだのは一〇月一四日でした。その前後三日ばかり、横臥《おうが》許可を貰って寝てしまいました。精神が病めば肉体も病み、肉体を病めば精神も病むという工合《ぐあい》で、人間とは実際に弱いものです。もっとも、特に自分はそうだったわけですが。

その成り行きをここに書いても仕様がないわけですが、ただ人間に対して殺意あるのみでした。仮りに先生にすべてを話しても、実際問題として治療できる術《すべ》はないわけでして、そこが焦《じ》れったく感じたものです。やはり、住む世界が違うというのでしょう。しかし頼みの薬にしたって、当初は確かに利き目を自覚しましたが、半月も経《た》つとまた元の心理状態です。私はただひたすらに耐え、転房に期待している毎日なのです。

ところで、キリスト教の教会に関心が湧いたものですから、添付のごとく文京区の教会を調べてみました。ただ本郷はわりと千代田区寄りのため、先生のお宅を中心にした場合、千代田区も入れないと圏内に該当しないので、二区分を調べました。暇なやつだとお笑い下さい。
いろいろ書きました。どうぞ御判読下さい。さようなら。

一九七五年一二月四日（木）晴ときどきくもり

加賀乙彦様。
加賀先生に最後のお手紙を、書かなければならない日がやってまいりました。とうとう私に〈お迎え〉が参りました。数時間後の旅立ちに備え、こうしてお別れの筆を執っている次第です。〈お迎え〉のドアが開いた時私は、まったく不安も動揺もありませんでした。平安な気持で面会にでも行く足どりでした。所長さんに、お世話になったお礼を述べ、握手させて頂きました。このゆとりに自分自身が不思議でした。もっともこれは執行宣告の時ですが、なに、明朝も変ることはありません。私は飽くまでも信仰者を貫いてきました。これまで自分自身の闘いは大変なものでした。しかし、こうして現実に平安なる自分の姿を見れば、やはり、わがキリスト教信仰は、つちかわれて来て、いま成就《じょうじゅ》したと思わなければなりません。

加賀先生とは短い期間でしたが、いろいろお交りを頂きました、大変お世話になりました。ここで、心より深くお礼をもうしあげます。歌集のことについては御心痛をおかけいたしました。私は歌集は、自分の生存中に上梓《じょうし》できなければ、もうよいと思っています。私はそれほど歌集への執着はありませんでした。お願いした歌稿のコピーは、昨日届きました。速達便でお手数をおかけして、ありがとうございました。

私は一日一日の生活の中で生れた、一首一首の短歌を辞世の歌として詠んできたつもりです。ですから敢《あ》えて辞世の歌は遺《のこ》さないことにしました。どうか御理解下さいませ。

同封する上半紙に書いた作品は、歌稿の第五期創作に続く、第六期創作分に当るものです。五一年一月号「潮音」発表分にあたる七首を、絶詠と思って下されば幸せです。朱線は「潮音」に発表された分の歌であり、他の意味はありません。そこで、最後まで先生にお世話をおかけいたしますが、先の歌稿とこの上半紙の作品をコピーにして、同じく同封する○印の方々（一四名）に御送付いただきたくお願いいたします。最後までのわがままをどうかお許し下さい。上半紙の歌を原稿箋《せん》に清書している時間がありません。これをもって、私のささやかな歌集としたいのです。

この便箋の住所録は、お別れの手紙用に用意していたものです。私の獄中断片記を読まれ、私のことはある程度御存知ゆえに、このことも書かせて頂きました。私は知友に本当に恵まれていました。

信仰的には御国への準備はできていました。だがほかの年末にかかる用件などの手紙が、ストですっかり狂い、果たせなかったこともありましたが、それはもうそれまでです。

ストの影響と解釈しますが、（実家に車があるのに）家族の者と会えずに逝《ゆ》きます。最上川が目に浮かびます。あの最上川があるゆえに私は歌を作ってきました。今晩心から実感しました。

家族の者と会えなかったけれど、教誨師《きようかいし》の黒木先生は、最後までよくして下さいました。これぞキリストに在るまことの兄弟と思います。キリストを信じてきてよかったです。まことの平安が与えられました。書きたいことが次から次と浮かびます。しかし、もうお別れです。

加賀先生にはくれぐれも、お身体お大切にされますように。ほんとうにいろいろありがとうございました。夕食しながら長く談笑してしまい、時間がなくなりました。
それでは、行って参ります。

純多摩良樹《すみたまよしき》

一九七五年一二月四日、夜更《よふけ》。
二伸、福島章先生には、くれぐれもよろしくお伝え下さるようお願いいたします。

あとがき

二五歳の大工、純多摩良樹《すみたまよしき》は、一九六八年一一月九日、横須賀《よこすか》線爆破事件の犯人として逮捕され、身柄は横浜拘置所《こうちしょ》に送られて、取り調べの毎日を送ることになった。彼の獄中生活が始まり、一九七五年一二月五日の死刑執行まで、七年の間それを強いられることになる。

この七年間の出来事と言えば、まずは裁判がある。一九六九年横浜地裁の判決、一九七〇年の東京高裁の判決、一九七二年の最高裁の判決と、三回ともに死刑の判決であった。一九七三年二月にはプロテスタントの信者として洗礼を受けた。イエス・キリストに帰依《きえ》し、死をもって罪の償《つぐな》いを果たしたいという信仰であった。その傍ら、短歌を学び、歌人として立ち、一九七五年には死刑の執行でこの世から去っていった。

私が彼に手紙を出したのは、その歌人としての活躍に瞠目《どうもく》したからである。第二審で彼の精神鑑定をした東京医科歯科大学犯罪心理学教室の中田修《おさむ》教授と福島章助教授と上智《じょうち》大学犯罪心理学教授の私とは昵懇《じっこん》の間柄であったから、純多摩良樹の犯罪について語り合う機会が多くあったし、とくに福島助教授が執筆した精神鑑定は犯罪学という学問上の重要文献だと私は思っていた。私が東京拘置所の彼に手紙を出し彼からの返信を喜んで読んだのは、一九七四年八月のことであった。当時の彼は洗礼を受けた熱心なキリスト教信者というよりは、永い間の拘禁《こうきん》生活に疲れて、絶望その極みに苦しむ人であった。精神医学の立場からみると、「拘禁ノイローゼ」という症状であったと私は診断した。

東京拘置所に行き、彼に面会すると彼は絶望の淵《ふち》から少しずつ立ち上がる様子であり、歌集を出版する志を熱心に告白してきた。しかし、唐突に死刑執行の日が来た。彼は獄中で自分の短歌集を編んでいて、それを彼の属する鎌倉の歌誌「潮音」の編集発行者太田青丘《せいきゅう》氏を始め一四人の人びとに送ることを私に頼み、私は短歌集をコピーで一四冊作って人びとに送った。「潮音」の友、信仰の友、中学校時代の同窓生、ジャーナリストなどから「歌集」の素晴らしさ、懐かしさについて礼状が届いた。

その後太田青丘氏が私にはかり、歌集出版を企図したのであったが、後に残された彼の家族の方々の気持ちを慮《おもんぱか》ってしばらくの間出版するのを断念した。また一九八〇年には、かつての中学の同級生の努力で、コピー版の歌集が非売品として出され、彼の同級生や知人友人に贈られたこともある。この歌集には中学校の担任の先生の温かい序文がつけられてあった。

一九九五年一二月二五日、私と太田青丘氏との協同で本の体裁をした純多摩良樹歌集『死に至る罪』（短歌新聞社）が発刊された。彼の死後二〇年を閲する出版であった。潮音社入社は一九七一年一一月であり、格別の素養もなく、五年足らずでこのような作を勢ぞろいさせた事実には、ただただ驚くほかはないと太田氏は歌集に祝意と驚きを評しておられた。獄中で常住、死を見つめた結果であり、常に推薦歌欄を飾り、しばしば合評にとりあげられ、潮音社友に深い感動を与えたばかりでなく、「短歌とは何ぞや」という根源的問いを提起したという先生の温かい讃辞《さんじ》にもあって、このような境地にまで到達した歌人を死刑に処することの残酷さをもとがめておられた。

この歌集の刊行後、二三年がさらに去った。現在（二〇一九年一月）は彼の死後四三年である。

一九二九年生れの私は齢《よわい》八九歳になって、身辺の、特に書斎の引き出しや戸棚を開いてみたり、手紙に読みふけったりするようになった。ある日、スチール製の引き出しを開いてみて「純多摩良樹」と書かれた一塊りの書類に出会った。大学ノートに小さな文字で書きこまれた文章は、字面《じづら》は上手ではないが、隙間なく書きこまれてあり、几帳面《きちょうめん》な筆者の性格を示していた。私はふと読み始めて、提供された描写が並々ならぬ留意と集中で支えられているのに感心した。と同時に、そういう文章への注意が無くなり、文章の冴《さ》えが萎えてしまう時があるのに失望もした。この変調は、獄中生活の初期、死刑の判決を受け絶望するあたり、またキリスト教に帰依したいと思いながら洗礼を許されず絶望するあたりに見られる。

ノートのほかに私が目敏《めざと》く見つけたのは純多摩がその獄中生活の最後の頃に私に宛《あ》てた一五通の手紙である。ノートでは絶望してキリスト教に帰依するのをやめてしまうほどに苦しんでいた。神の存在を疑っていた純多摩は、私への手紙では何とかその気持ちを奮い立たせ、イエスへの帰依を示していた。その気持ちには自分が歌人のひとりとして評価されている、とくに歌詠みとして歌集を出版したい、ついてはその助けを私に願いたいという気持ちが見えていた。

彼の願いを私は聞き届けようと思ったし、その旨を彼に伝えようと思っている矢先に彼の処刑が執行されてしまったのだ。まことにふびんなことであった。

ノート、手紙、私と潮音社の太田青丘氏との純多摩良樹歌集『死に至る罪』の出版などの経緯《いきさつ》が、老骨の極みとなった私の心を打った。彼について、これまでできなかったことどもを是非とも成就しておこうと私は決心したのだ。言ってみれば、私はこれらの資料を元に、純多摩良樹の評伝を書いてみたくなったのだ。

〈山上《さんじやう》の垂訓《すいくん》〉を心の粮《かて》としていのちの限りわれは唱へむ
今はただ神に縋《すが》るほかすべなしと夜毎《よごと》独房に懺悔《ざんげ》するなり
うれしさよ天《あま》つみ国へ父と来て二人の挽歌《ばんか》うたひゐるかな

私は純多摩良樹の世界を示すときに、彼がプロテスタントの信者であったことから出発しようと思った。信仰がまずは存在し、それさえあれば罪は許されると教えられた。

イエスは神の子であり、それを信ずれば人間世界の罪は許され、たとえ死刑によって命を失っても、死後の天国の世界は保証されるとイエスが言ったという夢を彼は見た。この場合、天国は滅びることなく永遠に続くというのだ。

ほかの夢は、イエスが聖書の紙の記述から抜け出て、お前は苦しんでいるがその必要はない。主イエスを信ずることによって、お前は永遠の命を得ることができるからだとも教えていた。

こういう夢を見て喜ぶと同時に、自分はまだ夢の世界を信ずるほどの信仰の域に達していない、夢は一刻のふわふわした心に過ぎず、もっと深い根を張った信仰を得たい、そのためには牧師の洗礼を受けて、確固不抜の信者になりたいと焦っている自分を自覚しているのも事実であった。

拘置所の独房に閉じ込められながら、彼は自分の信仰が安定した深いものではない、未熟な程度だと自覚はしていた。この信仰を深く確固とした根強いものにしなければ、自分はやがて来る《きた》べき死刑の執行に打ち勝てない。それどころか恐怖のあげく取り乱してしまうと自覚していた。この根深く安定した境地になるためには洗礼こそが必要不可欠であると思っていた。イエス・キリストが洗礼者ヨハネの洗礼を受けてから、神の子イエスとなったように、自分も安定した信者になりたいと彼は焦るのだった。

永遠のいのち信じて基督《キリスト》の肉と血ふふむまひるの洗礼
孤独感焦燥感に駆られつつ思へばわれに師なし友なし
大工われの余命いくばく黙もくと真冬の獄に糸を縒《よ》りゐつ

イエスは天に存在して、地上にいる純多摩に聖霊を送ってはくれるが刑罰としての肉体の苦しみ、すなわち拘置所の苦しみ多い生活と、絞首刑による死の訪れとからは、彼を保護してくれない。そもそもイエスはその人自身が死刑囚であって十字架に釘《くぎ》づけにされて死への苦しみを体験した人ではないか。身動きの出来ないイエスと狭い獄屋の純多摩、釘づけにされた肉体の苦痛と御子《みこ》であるイエスを助け出してくれない天国の父、この二重苦はどうしたことか。

悩みは深くなり、イエスへの信頼の念は飛び散っていく。純多摩は朝夕に祈り、聖書を読み、おのれの悩みを鎮めようとする。助けを呼ぶ。そこに現れたのが短歌の創作であった。新聞・雑誌への投稿が思わぬ反響をおこしていたのだ。

彼は歌人に生まれ変わろうと、大工ではなく歌人になろうと夢中になった。この場合、彼の苦しみ、殺人犯としての、死刑囚としての苦しみを詠むのに短歌は日本人の伝統ある、しかも直截《ちょくせつ》な形式であったことだ。一首詠めば心の深い動きを探り当て、人を殺した行為を反省し、また、自分の罪を反省する。また、別の一首は死刑の執行へのおびえを慰めてくれる。純多摩良樹は、日本語という美しい言語を持つ国に生まれた喜びに浸る。

この国においては、人が生きた証拠として遺書を残す習慣があった。そこで彼が心に定めたのが、自分はとんだ未熟者の歌人ではあるが、自分は短歌を辞世の歌として詠むことにするという新たなる決心であった。その意欲をイエスは喜んでくださると思うと彼は詠んでいた。

死後の世界みたびたづねて教誨室《けうくわいしつ》退くとき蟬《せみ》の骸《むくろ》をひろふ

磔刑《たつけい》のイエスの絵こそ慰めと無為かさねたるある日気づきぬ
死ねばみな無機に帰するといふ議論神の子われにはうべなひ難し

教誨師の泉田氏に出会う前後の頃は、彼は一〇〇匹の羊のうち一匹を失う話を読んで、新しい感激に浸ったものだ。

イエスの譬《たと》えを語りて言いたもう。「なんじらの中にたれか一〇〇匹の羊を有《も》たんに、そしてその一匹を失わば、九九匹を野におき、失せたる羊を見出すまでには尋ねざらんや。ついに見出さば、喜びてこれを肩にかけ、家に帰りてその友と隣人とを呼び集めて喜ぶであろう。悔い改むる一人の罪人のために九九人の正しきものに、天の喜びあるべし」である。

また二人の息子のうち放蕩《ほうとう》息子の見出されたのを喜ぶ父の姿ありである。息子は「父よ、われは天に対し、また父様の前で罪を犯したり。父さんの子と呼ばれるのに私はふさわしくあらず」と言う。しかし父は「最上の衣を持ちきたりてこれを着せ、また肥えた子牛を屠《ほふ》むり、みなのもの食して楽しまん」と言った。

教誨師泉田氏が『ルカ伝福音書』を読み、彼がそれに和しながら、姿の見えぬイエスの許しの言葉に涙していた。

この国の裁判官は彼を断罪し、その命を奪うのだが、それは国法上しかたないことと彼は受け入れつつ、神の国、天国における冤罪《えんざい》をイエスは認めている。人の死はいつ訪れるかを誰も知らない。人間に襲いかかる事故・病い・殺人・寿命は、おのれが選ぶにあらずして、神の自由にまかされている。キリスト教では神は絶大なる力によって、あらゆる人間の寿命を自由にできるとされている。そして、人の死は必ず成就する。その先にあるのは神の国、天国である、と彼は私に語っていた。

聖書よむわが掌《て》の中の文鳥はイエスの復活ののち目をとづる

参考のため、彼の略年譜をそえておく。

〈純多摩良樹略年譜〉

一九四三年八月一〇日　山形県に生まれる

一九四五年三月一七日（二歳）　父、レイテ島で戦死

一九六三年八月（二〇歳）　一人前の大工となる

一九六八年六月一六日（二四歳）　横須賀線爆破事件をおこす

一九六八年一一月九日（二五歳）　逮捕

一九六九年三月二〇日（二五歳）　横浜地裁（死刑判決）

一九七〇年八月一一日（二七歳）　東京高裁（死刑判決）

一九七一年四月二三日（二七歳）　最高裁（死刑確定）

一九七三年二月二七日（二九歳）　プロテスタント洗礼

一九七四年八月三〇日（三一歳）　加賀乙彦《おとひこ》と交友開始

一九七五年一二月五日（三二歳）　死刑執行

一九九五年一二月二五日（二一回忌）　歌集『死に至る罪』（加賀乙彦・太田青丘監修）を刊行

［参考文献］

中田修、小木貞孝（加賀乙彦）、福島章編集『日本の精神鑑定』、みすず書房、一九七三年
純多摩良樹『純多摩良樹歌集　死に至る罪』、短歌新聞社、一九九五年
加賀乙彦『死刑囚の記録』、中公新書、一九八〇年
加賀乙彦『死刑囚と無期囚の心理』（新装版）、金剛出版、二〇〇八年
加賀乙彦『ある死刑囚との対話』、弘文堂、一九九〇年
加賀乙彦編『死の淵の愛と光』、弘文堂、一九九二年
加賀乙彦編『獄中日記・母への最後の手紙』、女子パウロ会、一九七一年
大江健三郎『遅れてきた青年』新潮文庫、一九七〇年
島秋人『遺愛集』、東京美術、一九六七年
児島桂子『死刑囚への祈り』、修道社出版、一九六九年
永山則夫『無知の涙』、合同出版、一九七一年
正田昭『黙想ノート』、みすず書房、一九六七年
団藤重光『死刑廃止論』、有斐閣、二〇〇〇年
雑誌「潮音」、潮音社、一九六九―七五年
雑誌「短歌現代」、短歌新聞社、一九九一年一〇月

ちくまプリマー新書317
ある若《わか》き死刑囚《しけいしゅう》の生涯《しょうがい》

二〇一九年一月十日　初版第一刷発行

著者　加賀乙彦（かが・おとひこ）
装幀　クラフト・エヴィング商會
発行者　喜入冬子
発行所　株式会社筑摩書房
東京都台東区蔵前二‐五‐三　〒一一一‐八七五五
電話番号〇三‐五六八七‐二六〇一（代表）
印刷・製本　株式会社精興社

ISBN978-4-480-68342-7 C0295 Printed in Japan